ROBERT LOUIS STEVENSON

Le Creux des Sorcières

ROMAN INACHEVÉ

TRADUIT DE L'ANGLAIS PAR GÉRARD JOULIÉ

LE LIVRE DE POCHE

À Jil Silberstein.

AVANT-PROPOS

Henry James disait que Stevenson préférait Alexandre Dumas à tout autre romancier, y compris Scott et Balzac. Il ajoutait qu'il y avait quelque humilité dans cette admiration. Et de fait, les intrigues de Stevenson sont souvent dignes du père de *Monte-Cristo*, tant elles sont variées et paraissent n'obéir qu'à l'arrogante et désinvolte distraction des événements. Mais il y a apporté une finesse d'exécution dont Dumas n'eût jamais été capable, sans parler de la psychologie. Il a donné au roman d'aventures, sous sa forme la plus franche en apparence, sa plus haute qualité d'art. Nature aristocratique, douée pour la perception vive de la beauté, sensible aux délicates nuances de l'idée et du verbe, il est retenu par un fond de tempérament chaste, presque puritain, dans le registre des sensualités intérieures de l'âme. En un sens, il a toujours écrit *virginibus puerisque*, et son effort d'artiste a voulu mêler à la pureté juvénile des thèmes le scrupule d'une maturité raffinée. En réalité, les personnages de Stevenson sont auréolés, tels les dieux d'Homère, d'une protection spécifique qui tient à la fois du cérémonial et de la magie. Insensibles aux fatigues de tant d'aventures où les jette inlassablement leur créateur, ils semblent infiniment dispos pour de nouveaux jeux. Et l'on peut se demander si le charme de cette narration ne découle pas justement de l'exquis suspens dont elle est tissée.

Dans un article publié quelque temps avant sa mort, Stevenson parle avec attendrissement de « cette patrie qui n'a que quelques pieds d'horizon, et qui a porté notre cerveau, qui nous entre par les yeux et dans le cœur aux premiers moments de la vie, et qui est comme le cœur concentré de l'autre et grande patrie ». De cette patrie, il a été, après Walter Scott, le poète et le romancier.

Ses romans écossais, *Les Aventures de David Balfour, Catriona, Le Maître de Ballantrae, Le Prisonnier d'Édimbourg*, sont certes très différents de ceux de Walter Scott ; ils n'ont pas la prodigieuse abondance, la nonchalante et intarissable création de personnages inoubliables, tels que le Prince Héritier de *Redgantlet*, ou le Cromwell de *Woodstock*, qui restent l'apanage du maître. À bien des égards, pourtant, ils ne sont pas indignes de la comparaison. Stevenson, lui aussi, s'est imprégné des scènes et des gens du terroir. Ses paysages, plus intenses, lumineux et fictifs, comme dans une miniature, profitent de l'accoutumance par laquelle, au cours du XIXe siècle, les aspects grandioses de la nature s'étaient dépouillés des derniers restes de leur sauvagerie, mais il a corsé sa peinture d'un sens du *fatum* et d'une fascination pour le mal qui sont absents de l'œuvre de Scott, sur qui pèse trop souvent le triste halo d'une saine moralité. Mais n'est-ce pas là le privilège des « pères » ? Stevenson traite d'une Écosse de sacripants altiers, d'un pays marqué, non par le pittoresque, mais par une dure et hiératique solennité, une civilisation tribale, régie par des rapports personnels tout à la fois charmants, répulsifs et tragiquement efficaces. L'Écosse de Stevenson, avec sa fidélité dynastique et ses causes romanesquement perdues, n'est pas seulement une figure mythique pour laquelle des gens tuent et meurent, mais c'est également une forme de folie qui n'est pas tout à fait innocente en même temps qu'une lubie d'adolescent.

Dans le dernier de ses romans écossais, resté inachevé, *Weir of Hermiston*, que nous présentons ici sous le titre de *Creux des Sorcières*, et qui promettait, de l'avis des connaisseurs et de l'auteur lui-même, d'être son chef-d'œuvre, Stevenson a décrit cette Écosse au moment où se heurtent deux mondes, celui de l'Ancien Régime, prêt à disparaître, et incarné par le juge, Adam Weir, et celui, issu de la Révolution française, illustré par son fils Archie ; cette Écosse religieuse et révoltée, fière et héroïque, coureuse d'aventures et attachée à sa glèbe, hérissée et âpre, batailleuse et loyale, capable des plus farouches passions comme des plus sublimes renoncements, avec ses hivers, ses landes, ses glaces, ses vents et ses orages, aussi terribles que ceux qui hantent l'âme de ses héros. Il avait rêvé d'en faire le plus parfait de ses livres, celui qui porterait témoignage de ses dons de poète et de psychologue. Tout laisse à croire qu'il y serait parvenu. Savourons-en déjà les prémices.

G.J.

À ma femme

J'ai vu la pluie tomber et l'arc-en-ciel se lever
Sur Lammermoor. Je tends l'oreille et j'entends encore.
Dans ma ville escarpée le tintement des cloches
Et l'âpre sifflement du vent marin, tandis qu'ici, au loin,
Penché sur ma race et sur mon berceau, j'écris.
Prends ce petit livre, il est à toi. Car qui d'autre
a fourbi l'épée ? Qui d'autre a soufflé sur les braises endormies ?
Qui d'autre, avare de louanges et prodigue de conseils,
M'a montré un but plus élevé – qui, si ce n'est toi ?
Aussi, maintenant que je touche à ma fin, si cet écrit a quelque mérite, si la moindre flamme
Brûle à travers ces pages imparfaites, grâces t'en soient rendues.

INTRODUCTION

À l'extrémité la plus reculée d'une paroisse des moorlands, hors de vue de toute habitation, se dressent un cairn* niché parmi la bruyère ainsi que, un peu plus à l'est, sur le même versant, un monument où sont gravés quelques vers à demi effacés. C'est sur cette pierre tombale que Claverhouse tua de sa propre main le Tisserand en prière de Balweary et que résonna le ciseau d'*Old Mortality***. L'histoire publique et locale ont donc marqué d'un doigt sanglant ce vallon sis au creux des collines. Pourtant, depuis que le *Cameronian* y perdit la vie, il y a deux cents ans, dans un accès de folie glorieuse, sans que son geste eût été compris ni même regretté, le silence de la lande y fut une fois de plus troublé par le bruit des armes à feu et les cris des mourants.

Le Creux des Sorcières du Diable était autrefois le nom de ce lieu maudit. Aujourd'hui, il s'appelle le Cairn de Francie. Le bruit courut pendant quelque temps que Francie revenait le hanter. Aggie Hogg le rencontra un soir, près du cairn, et celui-ci lui aurait même parlé en claquant des dents, de telle sorte qu'elle eut peine à comprendre ce qu'il lui disait. Pendant quelque temps il aurait même poursuivi Rob Todd de ses lamentations pitoyables, si tant est qu'on pût apporter la moindre créance aux paroles de Robbie. Il est vrai que nous vivons à une époque d'incrédulité et que les superstitions qui faisaient la saveur et l'ornement des siècles passés s'éteignent l'une après l'autre. Les événements qui composent cette histoire ne demeurent, tels les ossements d'un géant à demi exhumés, que dans la mémoire de témoins dispersés. Mais

* Tumulus de pierres.

** Allusion au roman de Walter Scott (1816) qui relate les persécutions subies par une secte de presbytériens, les Cameroniens, sous le règne de Charles II.

aujourd'hui, durant les longues nuits d'hiver, quand la pluie frappe aux carreaux et que le bétail est tranquille à l'étable, on raconte à nouveau, au milieu du silence des jeunes et parmi les ajouts et les corrections des vieux, l'histoire du lord-juge et de son fils, le jeune Hermiston, qui s'était évanouie de la mémoire des hommes ; des deux Kirstie et des quatre Frères Noirs de Cauldstaneslap, et de Frank Innes, ce « jeune fou d'avocat » qui vint dans les moorlands pour y accomplir sa destinée.

CHAPITRE I

Vie et mort de Mrs. Weir

Quoique le lord-juge fût lui-même étranger à cette région, sa femme, elle, y était connue depuis l'enfance, tout comme sa race l'avait été avant elle. Les vieux chevaliers Rutherford de Hermiston, dont elle était la dernière descendante, avaient été jadis des hommes célèbres, mauvais voisins, mauvais sujets, et mauvais maris, disait la légende, bien que fort intéressés à la fortune de leurs femmes. Le récit de leurs aventures était connu à vingt milles à la ronde, et leur nom était imprimé à toutes les pages de nos annales écossaises, mais pas toujours à leur honneur. L'un mordit la poussière à Flodden* ; un autre fut pendu devant sa porte par Jacques V** ; un troisième tomba mort au cours d'une beuverie avec Tom Dalyell ; tandis qu'un quatrième (le propre père de Jeanne) mourut en présidant le club du Feu de l'Enfer, dont il était le fondateur. Beaucoup à Crossmichael hochèrent la tête devant cette fin brutale, y voyant sans doute un châtiment divin, et ce d'autant que l'homme avait une mauvaise réputation tant parmi les gens bien nés que parmi le vulgaire, chez les dévots que chez les mondains. À l'heure même où il trépassa, dix procès le concernant, dont huit accablants, allaient être plaidés au cours de la prochaine session. Et un sort identique frappa ses acolytes. Son intendant, qui avait été son bras droit dans mainte affaire louche, tomba de cheval un soir et périt noyé dans une tourbière à Kyeskairs ; son homme de loi lui-même (bien que les hommes de loi

* Localité d'Angleterre dans le Northumberland, où les Anglais arrêtèrent l'armée de Jacques IV d'Écosse, qui périt dans cette bataille (9 septembre 1513).

** Jacques V, roi d'Écosse, fils de Jacques IV dont il poursuivit la politique anti-anglaise. Protecteur actif du parti catholique, il lutta contre la Réforme. Vaincu par les Anglais à la bataille de Solway Moss (25 novembre 1542), il mourut de chagrin peu après, laissant la couronne à Marie Stuart.

soient censés avoir le bras long) ne lui survécut guère et mourut d'apoplexie.

Dans toutes ces générations, tandis qu'un Rutherford mâle était en selle avec ses garçons ou en train de se quereller dans quelque taverne, il y avait toujours une femme au teint blême enfermée dans une vieille tour ou plus tard dans le château familial. Il semble que cette succession de martyres ait attendu longtemps pour se venger, mais elles finirent par y parvenir en la personne de Jeanne, leur ultime descendante. Cette dernière, quoique portant le nom des Rutherford, était bien la fille de ces femmes toujours tremblantes. Jeune fille, elle n'était pourtant pas tout à fait dénuée de charmes. Les voisins se la rappelaient enfant, avec son air lutin, ses gentilles petites révoltes, ses grâces mignardes, et se souvenaient même d'un rayon de beauté matutinale qui devait en rester là. Mais elle se flétrit avec les années et (que ce fût la conséquence des péchés de ses pères ou des chagrins de ses aïeules), elle atteignit la maturité en ayant perdu toute vivacité. Il n'y avait plus en elle ni vie, ni entrain, ni gaieté. Elle était devenue pieuse, anxieuse, tendre, larmoyante et, pour tout dire, parfaitement nulle.

Beaucoup s'étonnèrent même de la voir se marier, tant elle semblait faite pour rester vieille fille. Mais le hasard la mit sur le chemin d'Adam Weir, qui venait d'être nommé lord-juge, un homme connu, arrivé, un briseur d'obstacles qui songeait sur le tard à prendre femme. Et bien qu'étant de ces hommes qui, chez une femme, recherchent l'obéissance de préférence à la beauté, il semble néanmoins qu'elle l'ait frappé au premier regard.

« Qui est-elle ? » demanda-t-il en se tournant vers son hôte la première fois qu'il la vit.

Et quand on le lui eut expliqué :

« Ah ! fit-il, elle a l'air bien élevée. Elle me rappelle... »

Et après une pause (que quelques-uns eurent la présomption d'attribuer à des souvenirs sentimentaux), il ajouta :

« A-t-elle de la religion ? »

Quelques jours plus tard, il demanda à lui être présenté. Ses premières relations avec sa future femme – qu'on ne saurait sans profanation appeler une cour – furent conduites avec la diligence qui caractérisait toutes ses entreprises, et demeurèrent longtemps une légende ou, plutôt, une source de légendes parmi ses collègues du tribunal. On le décrivait entrant, le teint vermeil (dû à une consommation excessive de porto), d'un pas assuré dans le salon de la belle en l'assaillant de plaisanteries plus ou moins fines, à quoi cette dernière répondait d'un air embarrassé et presque agonisant :

« Eh ! Mr. Weir ! », ou « Oh ! Mr. Weir ! », ou encore « Oh ! voyons, Mr. Weir ! » La veille de leurs fiançailles, quelqu'un, s'étant approché du couple d'amoureux, aurait entendu la jeune fille s'écrier d'un ton badin : « Eh bien, Mr. Weir, que lui est-il arrivé ? », et le fiancé de répondre d'une voix grave : « Il fut pendu, madame, pendu ! » Les motifs qui les amenèrent à se marier furent de part et d'autre longuement débattus. Mr. Weir crut peut-être que sa fiancée lui convenait par certains côtés ; peut-être appartenait-il à cette classe d'hommes qui pensent que la cervelle est chez une femme un appendice inutile, en quoi il fut bien puni. En ce qui concerne les origines et la fortune de la promise, le choix était, il faut le dire, excellent. Ses ancêtres batailleurs et son querelleur de père avaient assurément laissé à Jeanne une belle dot. Il y avait de l'argent liquide et des terres à profusion prêts à tomber entre les mains du mari, et à conférer une honorabilité à ses descendants ainsi qu'un titre pour lui-même, le jour où il serait appelé à briguer les plus hautes charges de la magistrature. Du côté de Jeanne, il y avait peut-être eu une certaine fascination de curiosité pour ce mâle inconnu qui l'abordait avec la rudesse d'un paysan et l'aplomb d'un juge. Contrastant d'une manière si tranchée avec tout ce qu'elle connaissait, chérissait ou comprenait, il avait pu lui sembler la perfection sinon l'idéal de son sexe. En outre, ce n'était pas un homme facile à refuser. Ayant dépassé la quarantaine au moment de son mariage, il paraissait même plus âgé qu'il n'était, et à sa mâle vigueur s'ajoutait la majesté des années. Dignité qui engendrait la crainte, car, il faut bien l'avouer, il était terrible. Le Banc, le Barreau, la Barre, tout ployait devant son autorité – et pourquoi pas Jeanne Rutherford ?

Le préjugé favorable aux femmes sottes est, comme je viens de le dire, toujours puni, et lord Hermiston ne tarda pas à s'en apercevoir. Sa maison de George Square fut tenue d'une manière déplorable ; rien ne répondait aux frais d'entretien, sauf la cave dont il s'occupait personnellement. Quand les choses allaient mal à dîner, comme c'était continuellement le cas, mylord regardait sa femme par-dessus la table en disant :

« Je pense que ce potage est mieux fait pour y nager que pour l'avaler. »

Ou bien, s'adressant au maître d'hôtel, il disait :

« McKillop, enlevez-moi ce gigot jacobin – allez-le donner aux Français et ramenez-moi à la place des grenouilles ! C'est tout de même un comble de passer ses journées au tribunal à pendre des jacobins* et de n'avoir rien dans l'assiette pour son dîner ! »

C'était certes une façon de parler, et, bien entendu, il n'avait jamais pendu un homme parce qu'il était jacobin ; la loi, dont il était le fidèle ministre, lui fournissait d'autres satisfactions. Et, bien sûr, ce n'étaient là que boutades, mais boutades d'un goût douteux, et qui, prononcées comme elles l'étaient d'une voix sonore et commentées avec cette mimique qui lui avait fait donner au tribunal le surnom d'« Hermiston, le juge pendeur », semaient l'effroi dans le cœur de sa femme. Elle restait assise devant lui tremblante et sans voix ; à chaque plat, comme s'il s'agissait pour elle d'une nouvelle épreuve, elle levait timidement les yeux sur le visage de son mari puis les baissait aussitôt. S'il se contentait de manger en silence, elle en éprouvait un indicible soulagement ; mais s'il émettait la moindre plainte, alors le monde pour elle se couvrait de ténèbres. Elle allait trouver la cuisinière, qu'elle appelait toujours sa *sœur dans le Seigneur*. « Oh, ma chère, lui disait-elle, c'est affreux de penser que mylord n'est jamais content dans sa propre maison ! » Et les deux femmes de pleurer et de prier ensemble. Mais le repas du lendemain n'était ni meilleur ni plus réussi pour autant, et la nouvelle cuisinière (lorsqu'elle prenait ses fonctions) était pire encore, et tout aussi bigote. On s'était souvent étonné de la patience dont lord Hermiston faisait preuve. En réalité, c'était un vieux stoïcien voluptueux qui se consolait avec du bon vin, qu'il buvait en abondance. Il y avait néanmoins des moments où il éclatait. Cela se produisit peut-être une douzaine de fois au cours de son mariage.

« Allons, remportez-moi ça, et apportez-moi un morceau de pain et de fromage ! » criait-il d'une voix tonitruante et avec des gestes furieux.

Personne alors ne cherchait à discuter ni à s'excuser. Le service s'arrêtait. Mrs. Weir, assise au bout de la table, pleurnichait sans se cacher ; tandis que mylord, assis en face d'elle, mâchait son pain et son fromage avec un mépris ostentatoire. Une fois seulement, comme il passait près de sa chaise pour se rendre à son bureau, Mrs. Weir s'était permis de lui adresser la parole.

« Ô Edom ! » s'écria-t-elle d'une voix sanglotante, en tendant vers lui ses deux mains, dont l'une tenait encore un mouchoir trempé de larmes.

* Le terme anglais est « radical », c'est-à-dire partisan des idées nouvelles, issues de la Révolution française.

Il s'arrêta et la regarda avec des yeux courroucés dans lesquels filtrait néanmoins une étincelle d'humour.

« Trêve de sottises ! dit-il. Vous et vos momeries ! Qu'ai-je besoin d'une famille chrétienne ? Ce dont j'ai besoin, c'est d'un bouillon chrétien ! Je me contenterais d'une fille des rues pourvu qu'elle sache me cuire une pomme de terre. »

Et sur ces paroles qui résonnèrent aux chastes oreilles de sa femme comme un blasphème, il passa dans son bureau en faisant claquer la porte derrière lui.

Ainsi allaient les choses du ménage à George Square. Elles allaient toutefois mieux à Hermiston, où Kirstie Elliott, sœur d'un petit propriétaire voisin, et cousine éloignée de Mrs. Weir, assumait les fonctions de gouvernante et tenait la maison propre et la table bien garnie. Kirstie était une femme propre, capable, intelligente entre mille. Elle avait été jadis la Belle Hélène de la lande, et elle était encore belle comme un cheval de race et saine comme le vent des collines. De noble stature, le teint clair et la voix sonore, elle gouvernait la maison avec une ardeur indomptée, la main leste et une turbulence toute masculine. À peine plus pieuse que la décence l'exigeait alors, elle était pour Mrs. Weir la cause de bien des soucis et de bien des prières. Gouvernante et maîtresse rejouaient les rôles de Marthe et de Marie ; Marie s'appuyant, non sans quelques remords de conscience, sur la force de Marthe comme sur un rocher. Même lord Hermiston tenait Kirstie en haute estime. Il y avait peu de gens en présence desquels il se déboutonnait aussi volontiers, et qu'il régalait d'autant de plaisanteries. « Kirstie et moi avons toujours le mot pour rire », déclarait-il avec bonne humeur tout en beurrant les scones de Kirstie tandis qu'elle servait à table.

Pour cet homme qui ne recherchait ni l'amour ni la popularité, cet observateur sagace des hommes et des événements, il n'y avait peut-être qu'une seule vérité qu'il n'était pas prêt à entendre : c'était d'apprendre que Kirstie le haïssait. Il s'imaginait que maître et servante étaient bien accordés : des Écossais simples et rudes, durs à la tâche, malins comme pas un et à qui il ne fallait pas en conter. Or la vérité, c'était que Kirstie idolâtrait cette chose larmoyante et insignifiante qu'était sa maîtresse ; et souvent, quand elle servait à table, les mains lui démangeaient de tirer les oreilles de mylord.

Aussi, non seulement mylord mais également sa femme jouissaient des moments qu'ils passaient à Hermiston comme d'une période de vacances. Libérée de l'affreuse angoisse que lui causait chaque dîner manqué, Mrs. Weir reprenait sa couture, lisait ses livres de piété et allait se promener (suivant les ordres de mylord) tantôt seule et tantôt avec Archie, l'unique enfant de cette union si mal assortie. L'enfant était pour ainsi dire le seul lien qui la rattachait à l'existence. En sa compagnie, ses sentiments se dégelaient, son cœur s'élargissait, elle ressuscitait. Le miracle de la maternité était pour elle une chose toujours nouvelle. La vue de ce petit bonhomme attaché à ses basques la grisait d'un sentiment de pouvoir, et la glaçait d'autre part par la conscience de sa responsabilité. Elle se projetait dans l'avenir et, l'imaginant devenu homme jouant sa partie, ou plutôt ses différentes parties sur le théâtre de la vie, elle s'arrêtait tout à coup de respirer puis reprenait courage non sans un visible effort. Ce n'est qu'avec l'enfant qu'elle arrivait à s'oublier et à se montrer par moments naturelle. Elle avait même conçu et mis sur pied pour lui un plan de conduite. Archie serait un grand homme, un pasteur, si possible, sûrement un saint. Elle essayait de diriger l'esprit de l'enfant vers ses lectures favorites, les *Lettres* de Rutherford, *L'Abondance de la Grâce* de Scougal, et le reste. Elle avait coutume (étrange souvenir à présent) d'emmener Archie jusqu'au Creux des Sorcières, et là, de s'asseoir avec lui sur la pierre du Tisserand en prière et de l'entretenir des Covenantaires* jusqu'à ce que les larmes leur vinssent aux yeux. Sa conception de l'histoire était en noir et blanc, comme celle des enfants : d'un côté, de tendres innocents chantant des cantiques ; de l'autre, leurs bourreaux, bottés, sanglants, le visage allumé par le vin. Ici un Christ souffrant, là un Belzébuth enragé. *Persécuteur* était un mot qui frappait le cœur de la pieuse femme : c'était l'idée la plus noire qu'elle pouvait se faire de la méchanceté, car sa propre maison en portait la marque. Son arrière-grand-père avait tiré l'épée contre l'oint du Seigneur sur le champ de bataille de Rullion Green, et rendu son dernier soupir (dit la tradition) dans les bras de l'abominable Dalyell. Elle ne pouvait pas davantage se dissimuler le fait que, s'il avait vécu à cette époque, Hermiston lui-même aurait compté parmi les plus farouches adversaires de Dieu, avec MacKenzie le sanguinaire, Lauderdale**, Rothes et les autres. Le sentiment de cette apostasie redoublait sa ferveur. Elle avait une façon de prononcer ce mot de *persécuteur* qui remuait l'enfant jusqu'aux entrailles. Aussi,

* Covenantaires : ceux qui signèrent en 1538 le Covenant, pacte d'alliance entre tous les réformés pour défendre leur nouvelle religion contre les catholiques.

** Un des commissaires chargés par les Covenantaires de traiter avec Charles Ier, et qui finit par se ranger sous l'étendard royal.

quand un jour la populace les hua et les siffla au moment où ils passaient dans la voiture de mylord en criant : « À bas le persécuteur ! À bas le juge pendeur ! » maman se couvrit les yeux et pleura, tandis que papa, ayant baissé la glace, toisait la populace de son air formidablement ironique, à la fois amer et souriant, comme il lui arrivait de regarder un condamné en prononçant sa sentence. Archie, lui, fut sur le moment trop surpris pour être effrayé ; mais il avait à peine vu sa mère se reprendre qu'il demanda de sa voix perçante :

« Pourquoi ont-ils appelé papa persécuteur ?

– Viens, mon petit chou, viens, mon trésor ! s'écria-t-elle. Tout ça, c'est de la politique. Il ne faut jamais me parler de politique, Archie. Ton père est un grand homme, mon chéri, et il ne nous appartient ni à moi ni à toi de le juger. On nous le dirait à nous autres, ce mot, si nous nous conduisions, chacun dans sa situation, comme ton père dans la haute position qu'il occupe. Mais un petit garçon bien sage et bien respectueux de ses parents ne doit pas poser ce genre de questions. Car tu es un petit garçon bien sage, mon chéri. Ta maman le sait bien ! »

Sur quoi elle dériva vers des sujets moins dangereux mais elle n'en laissa pas moins dans l'esprit de l'enfant le sentiment obscur et indéracinable de quelque chose de mal.

La philosophie de la vie de Mrs. Weir se résumait en un mot : la tendresse. Dans sa conception de l'univers, qui était tout éclairée par l'éclat des portes de l'enfer, les honnêtes gens devaient marcher dans une espèce d'extase de tendresse. Les bêtes et les plantes n'avaient pas d'âme, elles n'étaient ici-bas que pour un jour ; que leur séjour soit doux ! Quant aux hommes immortels, sur quel sentier sombre et escarpé se portaient la plupart et quelle horrible immortalité les attendait ! « Celui qui nourrit les oiseaux... » « Si quelqu'un te frappe... » « Dieu envoie Sa pluie... » « Ne juge pas si tu ne veux pas être jugé... » Ces textes constituaient le corps de sa doctrine ; elle s'en revêtait le matin en s'habillant, et s'en enveloppait le soir pour s'endormir ; ils l'obsédaient comme un air favori et l'imprégnaient comme un parfum familier. Leur pasteur était un vigoureux interprète de la Loi, et mylord l'écoutait prêcher avec ravissement ; mais Mrs. Weir, elle, le respectait de loin. Elle l'entendait (tel le canon d'une ville assiégée) gronder autour des remparts du dogme pendant qu'elle vaquait dans son jardin privé qu'elle arrosait de larmes de gratitude. Cela peut paraître curieux à dire, mais cette femme incolore et effacée était une enthousiaste qui aurait pu faire la gloire et le bonheur d'un cloître. Sauf Archie, peut-être, personne ne savait qu'elle pouvait être éloquente. Il était probablement le seul à l'avoir vue – le visage coloré, les mains jointes ou tremblantes – s'enflammer d'une douce ardeur. Il y a un endroit dans le parc d'Hermiston d'où l'on découvre tout à coup le sommet de Black Fell*, tantôt comme le faîte gazonné d'une colline, tantôt (et c'est ainsi qu'elle se le décrivait à elle-même) comme un précieux joyau dans les cieux. Ces jours-là, en l'apercevant, elle serrait les doigts de l'enfant et sa voix s'élevait comme un chant.

« Je marcherai vers les collines, s'écriait-elle tout bas. Ô Archie, ne dirait-on pas les collines de Nephtali** ? » Et ses yeux s'embuaient de larmes.

On peut bien penser qu'une telle éducation, si c'est bien le mot qui convient, ne laissa pas d'impressionner un enfant aussi sensible que l'était Archie. La piété et le quiétisme de sa mère passèrent intacts dans sa nature, mais, tandis qu'ils étaient chez elle un sentiment inné, ce ne fut chez lui qu'un dogme implanté. La nature de l'enfant et son esprit pugnace parfois se révoltaient. Un gosse du village l'ayant un jour frappé sur la bouche, il lui rendit le coup, et tous deux allèrent en découdre sur le sentier qui passe derrière l'étable, du côté des champs ; Archie s'en revint avec quelques dents en moins, mais très fier d'avoir infligé à son adversaire des pertes au moins égales aux siennes. Ce fut un triste jour pour Mrs. Weir ; elle pleura et pria pour l'enfant fautif jusqu'à ce que mylord revînt du tribunal, et alors elle reprit cet air compassé et tremblant avec lequel elle le saluait toujours. Cette fois-là, le juge était d'humeur observatrice et il remarqua les dents manquantes.

« Je crains qu'Archie ne se soit battu avec quelques-uns des gosses du village », expliqua Mrs. Weir.

À ces mots, la voix de mylord se mit à retentir comme il lui arrivait rarement de le faire sous son propre toit.

« Je ne veux pas de ça, monsieur, m'avez-vous compris ? cria-t-il. Je ne veux pas que mon fils aille se rouler dans la boue avec la racaille. »

Mrs. Weir fut reconnaissante à son mari du soutien inespéré qu'il lui apportait. Car elle avait cru un moment qu'il se moquerait de ses frayeurs. Et ce soir-là, quand elle coucha l'enfant :

« Tu vois, mon petit, lui dit-elle, je t'avais bien dit que ton père

* Toison noire.

** Ville située au nord du Jourdain qui tire son nom d'une des douze tribus de la Judée.

serait fâché s'il apprenait que tu as commis cet horrible péché. Aussi nous allons prier Dieu pour qu'il te préserve de pareilles tentations ou du moins qu'il te donne la force d'y résister. »

Ce mensonge tout féminin fut néanmoins inutile. La glace et le fer ne peuvent s'allier, et les points de vue du juge et de sa femme étaient par trop inconciliables. Le caractère et la situation de son père étaient depuis longtemps pour Archie une pierre d'achoppement sur laquelle il butait davantage d'année en année. La plupart du temps, Hermiston était silencieux ; quand il desserrait les lèvres, c'était pour causer des choses de ce monde, toujours dans un esprit profane, et souvent dans un langage que l'enfant avait appris à considérer comme grossier et quelquefois même avec des mots qu'il savait être des péchés en eux-mêmes. Sa mère lui avait enseigné que la douceur était la première des vertus, et mylord était la dureté même. Dieu était pour lui synonyme d'amour, et le nom de mylord inspirait la crainte à tous ceux qui le connaissaient. Dans le monde, tel que sa mère le lui avait expliqué, des créatures comme son père avaient leur place marquée. Il faisait partie de ceux dont il faut avoir pitié et pour lesquels il fallait prier, même si la chose semblait pour ainsi dire inutile. On les appelait des réprouvés, des boucs, des ennemis de Dieu, les brandons destinés au feu éternel. Et Archie reconnaissait en son père toutes les caractéristiques des réprouvés, et il en concluait tout naturellement que le lord-juge était le premier des pécheurs, selon la phrase de l'Apôtre.

L'honnêteté de Mrs. Weir n'était toutefois pas sans faille. Il y avait une influence qu'elle redoutait pour l'enfant et qu'elle combattait secrètement ; c'était celle de mylord ; et moitié par inconscience, moitié par aveuglement volontaire, elle continuait de dénigrer son mari dans l'esprit de son fils. Tant qu'Archie demeura silencieux, elle le fit sans le moindre remords, l'œil fixé sur le ciel, avec pour seul objectif le salut de l'enfant, mais le jour vint où Archie se mit à poser des questions. C'était en 1801 et Archie avait sept ans. Avec une curiosité et des facultés de raisonnement qu'on aurait vainement cherchées chez les autres enfants de son âge, il ouvrit hardiment le débat. S'il était interdit de juger, comment se faisait-il donc que son père fût un juge ? Comment pouvait-il exercer une profession qui fût un péché ? Et pourquoi s'en vanter comme d'une distinction ?

« Je ne comprends pas », disait le petit rabbi en hochant la tête.

Mrs. Weir abondait en réponses banales.

« Non, je ne comprends vraiment pas, répétait Archie, et

maman, je vais vous dire une chose, je ne crois pas que nous devrions continuer de vivre avec lui... »

Mrs. Weir eut alors des remords. Elle se sentit déloyale vis-à-vis de son mari, son seigneur et son soutien, qui ne laissait pas de lui inspirer encore quelque orgueil, du moins quand elle se mettait à considérer les choses comme le monde les voit. Elle répondit à Archie en vantant l'honneur et la grandeur de mylord ; les grands services qu'il rendait dans un monde plein de misères et livré à Satan, ainsi que la haute situation qu'il occupait et sur laquelle des enfants et des innocents ne pouvaient se faire une opinion, encore moins porter un jugement. Mais elle avait trop bien élevé l'enfant. Archie avait ses réponses toutes prêtes : les enfants et les innocents n'étaient-ils pas les préférés de Dieu ? N'était-ce pas eux qui occupaient la première place dans le royaume des cieux ? L'honneur et la grandeur n'étaient-ils pas au contraire les signes distinctifs de ce monde ? Et puis, pourquoi la populace les avait-elle insultés dans la voiture ?

« Tout ça, c'est très joli, concluait-il, mais, à mon avis, papa n'a pas le droit d'être ce qu'il est. Et il y a pire encore. Il paraît qu'on l'appelle le "juge pendeur". On dit qu'il est cruel. Je vais vous dire ce que j'en pense, maman. Il y a une phrase qui me revient : "Il vaudrait mieux, pour cet homme, dit l'Évangile, qu'on lui mît une meule autour du cou et qu'on le jetât au plus profond de la mer."

– Oh ! mon agneau ! s'écriait-elle, tu ne dois jamais dire des choses pareilles. Tu dois honorer ton père et ta mère, mon enfant, si tu veux que tes jours soient bénis sur cette terre. Ce sont les athées qui vitupèrent contre lui – les athées français, Archie ! Tu ne t'abaisserais sûrement jamais à tenir le même langage que ces gens-là. Cela me briserait le cœur rien que d'y penser. Et puis, Archie, n'es-tu pas là en train de juger ton père ? As-tu oublié le commandement de Dieu, mon chéri ? Rappelle-toi la parabole de la poutre et de la paille ! »

Après avoir ainsi porté la guerre dans le camp ennemi, la brave dame poussait un soupir de soulagement. Il est certes facile de bercer un enfant de belles phrases, mais il est permis de douter de l'efficacité d'une telle méthode. Un instinct dans son cœur lui décèle un jour le subterfuge, et une voix le condamne. Il se soumet sur le moment, mais il garde par-devers lui son opinion. Car même des relations aussi simples et aussi vulnérables que celles d'une mère avec son enfant sont bien souvent émaillées d'hypocrisies.

Quand le tribunal clôtura sa session cette année-là et que la famille revint à Hermiston, le bruit courait dans tout le pays que la santé de Mrs. Weir avait beaucoup décliné. Elle semblait vivre par à-coups, tantôt perdant le contact avec la vie, et sombrant dans une espèce d'hébétude, puis le reprenant pour se jeter dans une activité fiévreuse et désordonnée. Elle regardait vaquer ses servantes, l'air absent, fouillant dans de vieilles armoires qu'elle oubliait de refermer, commençant des phrases qu'elle ne finissait pas. Elle avait l'air d'une personne qui a oublié quelque chose et qui tâche de s'en souvenir ; et tandis qu'elle repassait, l'un après l'autre, les souvenirs touchants et dérisoires de sa jeunesse, on eût dit qu'elle recherchait le fil qui aurait pu lui faire retrouver cette pensée perdue. Durant cette période, elle fit de nombreux cadeaux à ses voisins ainsi qu'aux filles de la maison, mais elle les faisait avec un air de regret qui embarrassait ceux qui les recevaient.

Elle passa sa dernière soirée occupée à un ouvrage de femme et s'y livra avec un tel zèle et une telle application que mylord (qui n'était pourtant pas d'un naturel curieux) s'enquit de ce qu'elle faisait.

« Ô, Edom, c'est pour vous ! dit-elle en rougissant jusqu'aux yeux. Ce sont des pantoufles, je ne vous en ai encore jamais fait.

– Vieille folle ! rétorqua mylord. J'aurai bonne mine à traîner dans des savates ! »

Le lendemain, à l'heure de sa promenade, Kirstie s'interposa. Cette dernière voyait avec peine sa maîtresse dépérir ; elle lui reprochait ses imprudences, son laisser-aller, s'emportant jusqu'à lui dire de ces choses qu'une affection sincère et un cœur inquiet vous mettent naturellement aux lèvres. Ce jour-là, elle insista avec sa véhémence coutumière, et non sans un certain irrespect, pour que Mrs. Weir restât à la maison. « Mais non, lui répondit celle-ci, c'est la volonté de mylord », et elle partit comme à l'accoutumée.

Archie se tenait près de la mare, occupé à jouer dans la boue. Elle s'arrêta et le regarda un moment comme pour l'appeler. Puis elle parut se raviser, soupira en secouant la tête et continua sa promenade. Les servantes lavaient à la rivière et elles la virent passer de son pas traînant et alangui.

« Elle fait pitié à voir, la maîtresse, dit l'une d'elles.

– Chut, fit l'autre. Tu ne vois pas qu'elle est malade.

– Dame, je l'ai toujours vue ainsi, reprit la première. Ç'a toujours été une petite vieille. »

La pauvre créature ainsi qualifiée erra pendant quelque temps sans but précis. Il y avait dans sa tête comme un flux et un reflux qui l'inclinaient çà et là, telle une algue marine. Elle prit un sentier, s'arrêta, revint sur ses pas, en prit un autre ; cherchant, oubliant l'objet de sa quête, comme dépourvue d'esprit de décision et de suite. Puis, tout à coup, on eût dit qu'elle s'était souvenue de quelque chose ou qu'elle avait pris une résolution ; elle fit demi-tour, regagna la maison d'un pas pressé et pénétra dans la salle à manger, où Kirstie était en train de faire le ménage, l'air chargé d'un message important.

« Kirstie ! » balbutia-t-elle, puis, s'enhardissant, elle ajouta avec conviction : « Mr. Weir n'est pas quelqu'un de religieux, mais il a été un bon époux pour moi. »

C'était peut-être la première fois depuis l'élévation de son mari qu'elle oubliait de lui donner son titre, dont pourtant la femme tendre et inconséquente qu'elle était n'était pas peu fière. Et quand Kirstie leva les yeux sur sa maîtresse, elle s'aperçut d'un changement.

« Pour l'amour de Dieu, madame, qu'est-ce que vous avez ? s'écria la gouvernante en se redressant précipitamment.

– Je ne sais pas, répondit la maîtresse en secouant la tête. Mais il n'est pas religieux, c'est certain ?

– Asseyez-vous là ! Mon Dieu, que peut-elle bien avoir ? gémit Kirstie en elle-même, puis elle l'obligea à s'asseoir dans le fauteuil de mylord, devant la cheminée.

– Kirstie, qu'est-ce qu'il y a ? dit-elle d'une voix entrecoupée. J'ai peur. »

Ce furent ses derniers mots.

La nuit commençait à tomber quand mylord rentra. Il avait dans le dos le soleil couchant dont les derniers rayons perçaient encore à travers les nuages, et devant lui, au bout du chemin, Kirstie Elliott, qui l'attendait. Elle lui dit avec des sanglots dans la voix et de ce ton de fausset propre aux pleureuses antiques, dont on retrouve encore l'écho affaibli parmi les landes d'Écosse :

« Que le Seigneur vous prenne en pitié, Hermiston ! Qu'il prépare votre âme à entendre ce que je vais vous dire. Quel malheur que ce soit moi qui sois chargée de vous annoncer cette nouvelle ! »

Il arrêta son cheval et la regarda avec son visage de Pendeur.

« Les Français auraient-ils débarqué ? demanda-t-il.

– Monsieur, monsieur ! est-ce à cela que vous pensez ? Que le Seigneur vous prépare, qu'il vous donne soutien et réconfort !

– Quelqu'un est-il mort ? dit mylord. Ce n'est pas Archie ?

– Grâce à Dieu, non ! s'exclama la femme en tressaillant, puis d'un ton plus naturel : Non, non, ce n'est pas aussi grave que ça. C'est la maîtresse, mylord. Elle vient de s'éteindre devant mes yeux. Elle n'a eu qu'un sanglot, et ç'a été fini. Oh, ma gentille petite Miss Jeannie que j'aimais tant ! »

Et elle recommença ce flot de lamentations où les femmes de sa classe excellent et même surabondent.

Lord Hermiston la contemplait du haut de son cheval. Puis s'étant ressaisi :

« Ma foi, ç'a été brutal, dit-il. Mais elle n'avait jamais eu beaucoup de santé, la pauvrette ! »

Et il rentra au trot à la maison, avec Kirstie sur les talons de son cheval.

On avait disposé la morte sur son lit, habillée comme elle l'était pour sa dernière promenade. Elle n'avait jamais été très impressionnante de son vivant ; elle ne le fut pas davantage dans la mort. Et tandis que son mari se tenait debout devant elle, les mains croisées derrière son dos puissant, celle qu'il contemplait était l'image même de l'insignifiance.

« Nous n'étions pas faits l'un pour l'autre, remarqua-t-il enfin. Ce fut un mariage absurde. »

Puis avec une douceur de ton tout à fait inhabituelle chez lui :

« La pauvrette, dit-il, la pauvrette ! Et, tout à coup : où est Archie ? »

Kirstie l'avait expédié dans sa chambre avec une tartine de confiture.

« On voit que vous avez un peu de jugeote, vous au moins, observa le juge, puis considérant sa gouvernante d'un air revêche, il ajouta : j'aurais pu faire pire, j'aurais pu épouser une Jézabel* criarde comme vous !

– Vous êtes bien présomptueux, Hermiston ! Il n'y a personne qui pense à vous, s'écria la femme offensée. Pensons plutôt à celle qui en a fini avec toutes les misères de ce monde. Et elle, est-ce qu'elle aurait pu faire pire ? Répondez-moi, Hermiston, répondez à ma question devant son cadavre encore tiède !

– Eh bien, pour vous dire la vérité, il y en a certaines qui ne sont pas faciles à contenter », observa-t-il.

* Princesse de Tyr particulièrement despotique qui s'était attirée la vindicte du prophète Élie (Livre des Rois).

CHAPITRE II

Père et fils

Mylord juge avait beau être connu de bien des gens, l'homme Adam Weir ne l'était peut-être de personne. Il n'avait rien à expliquer, ni rien à dissimuler ; il se suffisait entièrement et silencieusement à lui-même ; et ce côté de notre nature qui nous pousse (trop souvent avec un éclat trompeur) à acquérir la gloire ou l'amour semblait lui faire défaut. Il ne cherchait pas à être aimé, il ne s'en souciait même pas ; il est probable que l'idée ne lui en était jamais venue. C'était un avocat admiré, un juge extrêmement impopulaire qui méprisait ceux qui lui étaient inférieurs dans chacune de ces deux catégories, avocats de moindre calibre ou juges moins honnis. Dans ses faits et gestes, aucune trace de vanité n'apparaissait, et il traversait la vie d'un mouvement mécanique, presque inconscient, qui n'était pas dénué de majesté.

Il voyait peu son fils. Durant les maladies infantiles qu'Archie contracta, il demandait de ses nouvelles et lui faisait une visite chaque jour, entrait dans sa chambre d'un air goguenard et patibulaire, lançait négligemment quelques plaisanteries et repartait rapidement, au grand soulagement du patient. Un jour, il profita d'une vacance du tribunal pour accompagner l'enfant en voiture à Hermiston, lieu habituel de ses convalescences. Il est possible qu'il ait été plus inquiet qu'à l'ordinaire, car ce voyage resta toujours dans le souvenir d'Archie comme une chose à part, son père lui ayant relaté, de bout en bout et avec force détails, trois affaires de meurtre authentiques. Archie alla au collège et à l'université, comme les autres garçons d'Édimbourg, mais Hermiston le surveillait de loin, affectant à peine de s'intéresser à ses études. Pourtant, chaque jour, après dîner, il le faisait venir, lui donnait des noix et un verre de porto, le considérait d'un air sardonique et le questionnait sarcastiquement :

« Eh bien, monsieur, qu'avez-vous traduit aujourd'hui ? » Puis il lui posait des colles dans un latin de basoche auxquelles un enfant qui commençait à peine à se débrouiller dans la langue de Cornelius Nepos* et de Papinien** ne pouvait manifestement pas répondre. Mais papa n'en connaissait pas d'autre. Il n'était pourtant pas sévère pour le petit écolier, ayant acquis un grand fonds de patience à la barre, et n'éprouvant par ailleurs aucun embarras à dissimuler ou à exprimer son désappointement.

« Eh bien, vous avez encore un bon bout de chemin à faire », observait-il en bâillant, avant de retomber dans ses propres pensées, jusqu'au moment où Archie allait se coucher, puis mylord, la bouteille et un verre à la main, se retirait dans une pièce au fond de la maison qui donnait sur la campagne, pour y étudier ses dossiers jusqu'à une heure avancée de la nuit.

Il n'y avait pas d'« homme plus complet » que lui au tribunal ; sa mémoire était exceptionnelle, bien qu'exclusivement juridique ; il n'avait pas non plus son pareil pour donner une consultation *ex tempore*, et pourtant personne ne s'y préparait mieux que lui. À mesure que la nuit s'avançait, sans doute goûtait-il, assis à sa table et oublieux de la présence de son fils, des plaisirs ignorés du commun des mortels. Se consacrer entièrement à un travail intellectuel, c'est à coup sûr avoir bien rempli sa vie ; et ce n'est peut-être que dans l'étude des lois ou des hautes mathématiques que cette application peut se maintenir et trouver en elle-même sa propre récompense. Cette assiduité de son père au travail constitua sans doute pour Archie la meilleure partie de son éducation. Certes, elle ne l'attirait pas, elle l'eût même plutôt rebuté, sinon déprimé. Elle agissait néanmoins, dans la vie de l'enfant, tel le tic-tac d'une pendule, comme un idéal à la fois aride et stimulant.

Mais Hermiston n'était pas tout d'une pièce. Ce n'était pas seulement un travailleur austère, c'était également un solide buveur. Il pouvait rester à boire jusqu'à l'aube et passer directement de la table à son banc de juge, la main ferme et les idées claires. Après la troisième bouteille, le plébéien, qui sommeillait en lui, se réveillait bruyamment : sa diction et sa gaieté, assez communes en temps ordinaire, se faisaient plus grossières et plus vulgaires ; il devenait moins terrible et plus répugnant. Or l'enfant avait hérité de sa mère une délicatesse craintive qui s'accordait mal avec sa violence potentielle. Sur les terrains de jeux, avec ses camarades, il répon-

* Historien romain qui vécut de 94 à 24 av. J.-C.

** L'un des plus grands jurisconsultes romains qui vécut au IIIe siècle.

dait par un coup à une insulte ; à table avec son père (quand le moment fut venu de partager ses beuveries), il souffrait en silence, le cœur soulevé de dégoût. Parmi tous les invités qu'il y côtoyait, un seul trouvait grâce à ses yeux : David Keith Carnegie, lord Glenalmond. Lord Glenalmond était grand et maigre, avec un visage émacié et de longues mains fines. On le comparait souvent à la statue de Forbes de Culloden qui se trouvait au Parlement, et à plus de soixante ans, ses yeux bleus avaient conservé un peu du feu de la jeunesse. Le contraste qu'il formait par rapport aux autres convives, son air d'artiste et d'aristocrate échoué en grossière compagnie, le désignaient à l'attention de l'enfant, et, comme la curiosité et l'intérêt sont les deux passions au monde qui sont le plus sûrement récompensées, lord Glenalmond fut attiré à son tour par l'enfant.

« Voici donc votre fils, Hermiston ? demanda-t-il un jour en posant la main sur l'épaule d'Archie. C'est déjà un grand garçon.

– C'est tout le portrait de sa mère, dit gracieusement le père. Un vrai nigaud. »

Mais l'étranger retint l'enfant, lui parla, le fit parler, trouva en lui du goût pour les lettres et une belle âme, modeste, ardente et juvénile. Il l'encouragea à venir lui rendre visite le samedi soir dans la salle à manger froide et solitaire où il restait à lire dans l'isolement d'un vieux célibataire raffiné. La douceur et la grâce du vieux juge, la délicatesse de sa personne, de ses pensées et de ses paroles, parlaient à Archie le langage de son propre cœur. Il conçut donc l'ambition de lui ressembler, et quand vint le jour de choisir une profession, ce fut pour imiter lord Glenalmond, et non pas lord Hermiston, qu'il choisit le barreau. Hermiston voyait cette amitié avec une secrète fierté, quoiqu'il perdît rarement l'occasion d'humilier les deux amis avec des plaisanteries grossières, ce qui, à vrai dire, n'était pas très difficile, car ni l'un ni l'autre n'avait la repartie prompte. Il ne tarissait pas de mépris pour toute la cohorte des poètes, peintres, musiciens et de leurs admirateurs, la race honnie des amateurs. « Môssieu le Violoneux, disait-il à longueur de journée. Ô, pour l'amour du Ciel, débarrassez-moi de ce Môssieu ! »

« Vous êtes de grands amis, mon père et vous, n'est-ce pas ? demanda un jour Archie à lord Glenalmond.

– Il n'y a pas d'homme que je respecte davantage que votre père, Archie, répondit ce dernier. Il possède deux qualités inestimables : c'est un grand juriste et c'est la droiture même.

– Vous êtes pourtant très différent de lui, dit Archie en regardant son vieil ami avec les yeux de Rodrigue pour Chimène.

– En effet, répondit le juge, nous sommes très différents l'un de l'autre, et j'ai bien peur que vous ne le soyez aussi. Cependant, je serais peiné si mon jeune ami était amené à méjuger son père. Lord Hermiston possède toutes les vertus d'un Romain. Caton et Brutus devaient lui ressembler. Je crois que le cœur d'un fils devrait être fier de compter de tels aïeux parmi ses ancêtres, si je puis m'exprimer ainsi.

– Et moi, j'aimerais mieux qu'il fût un simple paysan, dit Archie avec une soudaine amertume.

– Cela n'est ni très sage ni, j'en suis sûr, tout à fait exact, reprit Glenalmond. Bientôt ces locutions, dont vous vous servez un peu à la légère, vous feront rougir de honte. Elles sont essentiellement littéraires et rhétoriques. Elles n'expriment pas le fond de votre pensée, laquelle non plus, j'en suis certain, n'est pas très clairement arrêtée. Si votre père vous entendait, c'est pour le coup qu'il vous donnerait du "Môssieu le Violoneux !" »

Avec le tact infiniment délicat propre à la jeunesse, Archie évita dorénavant d'aborder ce sujet. La chose est peut-être regrettable, car, s'il avait parlé – parlé librement –, s'il s'était répandu en paroles, comme la jeunesse aime à le faire quand elle en a la possibilité, il n'y aurait peut-être pas eu d'histoire à écrire sur les Weir de Hermiston. Mais l'ombre d'une menace de ridicule fut suffisante. Dans la légère sévérité de ces paroles, Archie crut lire une défense, et c'est très probablement ce qu'avait voulu Glenalmond.

À part ce dernier, Archie n'avait ni ami ni confident. Sérieux et zélé, il traversa ses années de collège et d'université au milieu de l'indifférence générale, isolé du reste de ses camarades par sa timidité native. Il devint un beau jeune homme gracieux dans ses manières, au visage avenant et ouvert. Intelligent, il remporta des prix et s'illustra à la Société Spéculative*. Il semble qu'avec toutes ses qualités il aurait dû devenir le centre d'un petit groupe d'amis, mais une certaine réserve, qu'il tenait en partie de la délicatesse de sa mère et de l'austérité de son père, le maintenait à l'écart et lui aliénait les sympathies. Chose curieuse, Hermiston passait parmi ses contemporains pour la copie conforme de son père.

« Vous êtes un ami d'Archie Weir ? » demanda-t-on un jour à Frank Innes.

Lequel répondit avec sa pétulance et sa perspicacité ordinaires :

* Société d'étudiants en droit.

« Je connais Weir, en effet, mais je n'ai encore jamais rencontré Archie. »

Personne en effet n'avait jamais rencontré Archie, mésaventure qui est souvent le lot des fils uniques. Archie vivait dans un monde à lui, ignoré de tous et où tout espoir d'intimité semblait banni. Il regardait autour de lui s'agiter ses condisciples et voyait venir l'avenir avec une espèce de sérénité tranquille synonyme d'indifférence.

Mais, à mesure que les jours passaient, le vieux pécheur endurci commença à se sentir attiré vers le fils de sa chair et le seul continuateur de sa race avec une tendresse de sentiment dont il fut le premier surpris et qu'il était totalement incapable de manifester. Mais, avec sa figure, sa voix, sa manière qu'il avait façonnées pendant quarante ans de manière à inspirer la terreur et la répulsion, Rhadamanthe* peut bien être grand, il ne sera jamais aimable. Il essaya de gagner l'amitié d'Archie, mais la démarche fut si peu visible et si peu sensible à celui qui devait en être le bénéficiaire que l'échec fut supporté avec stoïcisme. Il est de fait que ces natures inflexibles n'attirent pas la sympathie. S'il ne réussit pas à obtenir l'affection de son fils, voire son indulgence, il n'en continua pas moins de gravir solitairement et obstinément la pente aride et escarpée du devoir. Il aurait sans doute pu avoir plus de plaisir dans ses relations avec Archie, comme il le reconnaissait lui-même par moments, mais le plaisir n'est qu'un sous-produit dans la singulière chimie de la vie que seuls les sots convoitent.

Maintenant que nous sommes tous adultes et que nous avons oublié les jours de notre jeunesse, nous avons quelque peine à comprendre l'attitude d'Archie. Toujours est-il qu'il ne fit aucun effort pour essayer de comprendre l'homme avec lequel il déjeunait et dînait tous les jours. Éviter la souffrance ou se jeter dans le plaisir, telles sont les deux attitudes de la jeunesse, et Archie choisit la première. Le vent soufflait-il d'un certain côté qu'il lui tournait aussitôt le dos. Il demeurait le moins possible en présence de son père, et, quand il s'y trouvait, il détournait les yeux, autant que la bienséance le lui permettait, du visage du juge. Jour après jour, la lampe de la salle à manger éclairait ces deux convives : mylord, le visage vermeil, sarcastique et railleur, et Archie avec sa gaieté latente qu'il n'arrivait jamais à exprimer en pareille compagnie. On eût peut-être été alors bien en peine de trouver deux hommes plus dissemblables dans toute la chrétienté. Le père

* Fils de Jupiter et frère de Minos : l'un des juges des Enfers.

parlait sans se contraindre, avec un parfait naturel, de ce qui l'intéressait ou bien gardait tout uniment le silence. Le fils, lui, cherchait dans sa tête quelque sujet anodin qui pût lui épargner de nouvelles preuves de la grossièreté innée de mylord ou de sa foncière inhumanité, s'aventurant prudemment dans la conversation comme une dame qui relève ses jupes dans un chemin pierreux. Quand il commettait une bévue et que mylord s'amusait à la lui faire remarquer, Archie se recroquevillait sur lui-même, fronçait les sourcils, et son rôle dans la conversation se terminait là. Mais mylord, lui, continuait joyeusement de se montrer sous son jour le plus déplaisant devant son fils silencieux et humilié.

« Allons, c'est un bien triste sire que celui qui ne se réjouit jamais, disait-il à la fin de ces grotesques entretiens, et maintenant je dois reprendre le collier. » Puis il s'enfermait comme à son habitude dans la petite pièce de derrière, et Archie s'en allait dans la ville et dans la nuit, tout frémissant d'animosité et de mépris.

Chapitre III

Concernant la pendaison de Duncan Jopp

Il arriva qu'un jour de l'année 1813 Archie entra par hasard dans la salle du tribunal. L'huissier fit place au fils du juge-président. Au banc des accusés, point de mire de l'assemblée, se trouvait un certain Duncan Jopp, espèce d'avorton au teint de papier mâché, dont les crimes étaient passibles de pendaison. Son histoire étalée devant lui en public était toute de vices, de lâchetés et de forfaits. C'était le crime dans toute sa nudité. Et le malheureux entendait le récit de ses ignominies avec parfois dans les yeux une lueur d'intelligence, comme s'il oubliait l'horreur du lieu où il se trouvait pour se souvenir de la honte qui l'y avait amené. Il tenait la tête baissée et les mains agrippées à la barre, rejetant de temps en temps en arrière ses cheveux qui lui tombaient sur les yeux, regardant tour à tour l'auditoire et le juge avec un brusque serrement de gorge et sur la figure une expression d'angoisse indicible. Un morceau de flanelle tout effiloché était épinglé à son cou, provoquant chez Archie un sentiment de dégoût mêlé de pitié. Ses jours étaient comptés. Il restait encore, mais pour peu de temps, un homme capable de sensations – on peut bien deviner lesquelles – et puis, au terme d'une cérémonie sordide, il cesserait d'être. Et là, dans ce tribunal, pendant que les spectateurs retenaient leur souffle, l'accusé, lui, tendait douloureusement la gorge.

Au-dessus de lui, mylord Hermiston siégeait dans la robe rouge du juge, la figure encadrée d'une perruque blanche. D'une honnêteté rigoureuse, il n'avait pas à affecter l'impartialité. Il ne s'agissait pas de raffiner. Il y avait un homme à pendre, comme il l'aurait dit, et il le pendait, il faut bien l'avouer, avec une joie évidente. Il était clair qu'il prenait plaisir à exercer des facultés qu'il avait acquises au cours d'une longue pratique, comme cette perspicacité qui le faisait démêler les nœuds les plus cachés de l'affaire, ou cette alacrité avec laquelle il déjouait les pièges de la défense et ces quolibets par lesquels il démolissait toutes ses inventions. Les plaisanteries fusaient de sa bouche, sans égard pour la majesté du lieu, qui, en ce qui le concernait, ne semblait guère différent d'une taverne, tandis que cette pauvre loque humaine d'accusé avec son chiffon de flanelle autour du cou marchait vers le gibet sous les huées.

Duncan avait une maîtresse, presque aussi misérable et beaucoup plus vieille que lui, dont les pleurnicheries et les révérences rendaient encore sa trahison plus accablante. Mylord lui fit prêter serment de sa voix la plus rugissante en y ajoutant cet avertissement sévère :

« Fais bien attention à ce que tu dis, Janet. Je t'ai à l'œil et je n'ai pas envie de plaisanter. »

Puis lorsqu'elle se fut, toute tremblante, embarquée dans son histoire :

« Qu'est-ce qui t'a poussée à agir de la sorte, vieille chipie ? fit-il en l'interrompant. Dois-je comprendre que tu étais la maîtresse de l'accusé ?

– Avec votre permission, mylord, gémit-elle.

– Par Dieu, vous en faites un joli couple tous les deux ! » grogna mylord. Et son mépris avait quelque chose de si féroce et de si formidable que la galerie même en oublia de rire.

Le résumé des débats fait par mylord contenait néanmoins quelques vraies perles.

« Ces deux misérables créatures ont l'air d'avoir été faites l'une pour l'autre, nous n'avons pas à expliquer pourquoi. L'accusé (sans préjuger de ce qu'il peut être par ailleurs) semble avoir l'esprit aussi tordu que le corps. Ni l'accusé ni sa vieille maîtresse ne paraissent avoir eu assez de bon sens pour proférer un mensonge quand c'était nécessaire... »

Et lorsqu'il prononça la sentence, mylord eut cet *obiter dictum** :

« J'ai été l'instrument de Dieu pour faire pendre bien des gens, mais je n'ai encore jamais vu une canaille aussi décatie que vous. »

Ces mots étaient déjà durs par eux-mêmes, mais la véhémence et la sauvagerie avec lesquelles ils furent prononcés firent tinter les oreilles de l'auditoire.

Quand tout fut terminé, Archie sortit du tribunal en étant un autre homme. S'il y avait eu la moindre grandeur dans ce crime,

* Parole dite en passant.

la moindre obscurité, le moindre doute, peut-être aurait-il compris. Mais le coupable se tenait là, la gorge tendue, dans la sueur de son agonie mortelle, sans défense et sans excuse – une chose (car comment appeler ça un être ?) dont on ne pouvait parler qu'en rougissant – indigne même d'inspirer la pitié. Or, le juge avait traqué cette pauvre chose avec une gaieté barbare, monstrueuse, inimaginable, sauf dans un cauchemar. C'est une chose que d'abattre un tigre, et c'en est une autre que d'écraser un crapaud. Il y a une certaine beauté même dans un abattoir, tandis que l'ignominie de Duncan Jopp rejaillissait sur son juge.

Archie croisa ses amis dans la High Street en leur adressant des paroles et des gestes incohérents. Il vit Holyrood* comme en rêve, se remémora brièvement ses fastes : l'histoire de la reine Mary et du prince Charlie, du cerf encapuchonné, des splendeurs et des crimes, des collerettes et des armures, puis il chassa ces images de son esprit en poussant un cri de douleur. Il alla porter ses gémissements jusqu'au Marais du Chasseur, mais le ciel pesait comme une chape de plomb au-dessus de sa tête et l'herbe des champs était pour lui comme une offense.

« Et l'homme qui a fait cela, c'est mon père, se disait-il. Je tiens de lui la vie. La chair qui couvre mes os est la sienne, et le pain que je mange est le salaire de ces horreurs. »

Il se souvint alors de sa mère et appuya son front contre terre. Il songea à fuir, mais où aller ? À d'autres vies ? Mais laquelle était digne d'être vécue dans ce repaire de bêtes sauvages et ricanantes ?

Les jours qui précédèrent l'exécution ressemblèrent à un mauvais rêve. Quand il rencontrait son père, il détournait son regard et était incapable de lui parler. Il lui semblait que tous les hommes ne tarderaient pas à percevoir l'animosité chaque jour plus grande qu'il éprouvait à l'endroit de son père, bien que l'épiderme du juge restât toujours aussi impénétrable. Mylord eût-il été bavard que la trêve n'aurait pu durer, mais il se trouvait par hasard dans une de ses périodes taciturnes, et c'est sous le feu de ses bordées qu'Archie nourrit sa révolte. Il lui parut, du haut de l'expérience de ses dix-neuf ans, qu'il avait été désigné à sa naissance pour exécuter quelque action d'éclat, rétablir le culte de la Pitié et renverser le démon cornu et griffu qui avait usurpé son trône. De séduisantes théories jacobines, qu'il avait souvent réfutées à la Société Spéculative, bourdonnaient à ses oreilles, et

* Résidence des Stuart.

il se croyait accompagné par la présence presque tangible de nouvelles croyances et de nouveaux devoirs.

Au matin dit, il se trouva sur le lieu de l'exécution. Il entendit les hurlements de la populace et vit le malheureux traîné de force sur l'échafaud. Il assista un moment à une parodie de la religion qui sembla dépouiller le condamné de ses derniers vestiges d'humanité. Puis ce fut l'instant brutal de l'anéantissement, la danse macabre du cadavre tel un pantin désarticulé. Archie s'attendait à quelque chose d'auguste et de terrible, mais pas à cette sinistre pitrerie. Il resta une minute silencieux, puis il cria : « Je dénonce cet assassinat comme un défi jeté aux lois de Dieu ! » Ces paroles furent prononcées d'une voix de stentor que son père, s'il les avait ouïes, aurait pu revendiquer comme la sienne, bien qu'il eût désavoué le sentiment qui les inspirait.

À ce moment-là, Frank Innes entraîna son ami loin de la place. Les deux jeunes gens suivaient les mêmes cours, participaient aux mêmes jeux et éprouvaient l'un pour l'autre une certaine sympathie fondée principalement sur leur bonne mine respective. Elle n'avait cependant jamais été bien profonde. Frank était un jeune garçon mince et railleur, peu capable en réalité de ressentir ou d'inspirer de l'amitié, aussi leurs relations étaient-elles plutôt superficielles, fruit d'études communes et de plaisanteries inspirées par leurs fréquentations. Frank fut apparemment effrayé – et c'est tout à son honneur – par l'esclandre causé par Archie, car il conçut le dessein de ne pas le perdre de vue et, si possible, de ne pas le quitter d'une semelle de toute la journée. Mais Archie, qui venait de défier – était-ce Dieu ou Satan ? –, refusa d'écouter la voix d'un camarade d'université.

« Je ne veux pas aller avec vous, monsieur, dit-il. Je ne désire pas votre compagnie. Je préfère rester seul.

– Voyons, Weir, ne soyez pas absurde, dit Innes en le tenant par la manche. Je ne vous laisserai pas partir tant que vous ne m'aurez pas dit ce que vous comptez faire. C'est inutile de brandir cette canne. (À ce moment, en effet, Archie venait de faire un geste brusque, voire agressif.) Vous vous êtes conduit comme un insensé, et vous le savez très bien. Vous savez également que je ne cherche qu'à vous aider. Je vous demande seulement de rester tranquille.

– Si c'est là tout ce que vous désirez, Mr. Innes, dit Archie, et si vous me promettez de me laisser agir à ma guise, sachez donc que j'ai l'intention d'aller dans la campagne admirer les beautés de la nature.

– Parole d'honneur ?
– Je n'ai pas l'habitude de mentir, Mr. Innes. Sur ce, j'ai l'honneur de bien vous saluer.
– Vous n'oublierez pas la Société Spéculative ?
– Oh ! non, je n'aurai garde. »

Et le jeune homme à l'âme torturée erra tout le jour le long des routes de campagne au cours d'un pèlerinage sans but et désolé, tandis que son camarade s'empressait de répandre en souriant la nouvelle de l'accès de folie de Weir, et de rameuter le plus de monde possible pour la soirée à la *Spec**, car on pouvait certainement s'attendre à quelques nouvelles excentricités de la part du jeune Weir. J'ignore si Innes avait la moindre foi en sa prédiction, je crois plutôt qu'elle provenait de son désir de rendre l'histoire aussi piquante et le scandale aussi retentissant que possible, non par méchanceté à l'égard d'Archie, mais pour le seul plaisir de se rendre intéressant. Quoi qu'il en soit, ses paroles s'avérèrent prophétiques. Archie n'oublia pas la *Spec*. Il y fit son apparition au bon moment, et avant la fin de la soirée, il avait fait une impression mémorable sur ses compagnons. Ce soir-là, il devait justement présider la séance. La réunion se tenait dans la salle même où la *Spec* se réunit encore aujourd'hui, seulement les portraits qu'on y voit aujourd'hui n'y étaient pas : les hommes qu'ils devaient immortaliser n'étaient qu'au début de leur carrière. Le même lustre aux nombreuses bougies répandait sa lumière sur les participants. Archie était peut-être assis sur le même siège où tant d'autres parmi nous se sont assis depuis. Tantôt il semblait oublier l'objet de la discussion, mais même à ces moments-là il conservait un air énergique et déterminé. Tantôt il intervenait sévèrement et appliquait avec bravade ces amendes qui constituent l'artillerie précieuse, quoique rarement employée, du président. Il ne se doutait pas, en agissant ainsi, combien il ressemblait à son père, mais ses amis, eux, le remarquaient en gloussant. Assis sur le siège du président, dominant ses camarades, Archie semblait à l'abri de toute possibilité de scandale, mais sa résolution était prise, et il était déterminé à lâcher la bonde à sa colère. Il fit signe à Innes (à qui il venait d'appliquer une amende, et qui venait de le contester à l'instant même) de venir le remplacer dans la chaise du président, puis il descendit de la plate-forme et se plaça près de la cheminée, l'éclat des bougies éclairant son visage pâle, tandis que le reflet du grand feu écarlate faisait ressortir sa mince silhouette. Il pro-

* La Société Spéculative.

posa, comme amendement au sujet qui devait être ensuite débattu, la question suivante : « La peine capitale est-elle compatible avec la volonté de Dieu et la politique humaine ? »

Un silence embarrassé, voire alarmé, accueillit ces paroles, tant elles semblaient incongrues sur les lèvres du fils unique d'Hermiston, mais personne n'appuya son amendement. La question préalable fut hâtivement présentée et votée à l'unanimité, et le scandale momentanément étouffé. La prédiction d'Innes s'était accomplie et ce dernier arborait un sourire de triomphe. Lui et Archie étaient les héros de la soirée, mais tandis que tous s'empressèrent autour d'Innes, lorsque la réunion prit fin, un seul parmi ses compagnons vint parler à Archie.

« Eh bien, Weir, vous n'y avez pas été de main morte, observa cet homme courageux en le prenant confidentiellement par le bras. C'est un raid extraordinaire que vous avez fait là.

– Je ne crois pas que ce soit un raid, dit Archie d'un air rembruni. C'est plutôt la guerre. J'ai vu pendre cette pauvre brute ce matin, et j'en ai encore les sangs retournés.

– Tut, tut ! » fit son compagnon, et, lâchant le bras d'Archie comme on lâche un fer chaud, il le quitta pour aller chercher la compagnie moins brûlante de ses autres camarades.

Archie se retrouva seul. Le dernier de ses fidèles – ou était-ce seulement le plus hardi des curieux ? – avait fui. Il regarda s'éloigner la masse noirâtre de ses condisciples par petits groupes bruyants ou chuchotants. Et l'isolement de cet instant pesa sur lui comme le présage et le symbole de sa destinée future. Lui qui avait été élevé dans une crainte constante, au milieu de domestiques tremblants, et dans une maison qui, au moindre tressaillement de la voix du maître, se réfugiait dans un silence plein d'effroi, il se vit tout à coup à deux doigts de déterrer la hache de guerre, et ce fut avec terreur qu'il mesura à la fois les dangers et l'étendue d'une telle entreprise. Il fit un détour pour rentrer chez lui, empruntant des ruelles mal éclairées, et débouchant dans la venelle située derrière l'écurie, il regarda un long moment la lumière brûler dans la chambre du juge. Plus il regardait ce rideau de fenêtre éclairée, et plus insaisissable devenait pour lui l'image de l'homme assis derrière cette jalousie, tournant interminablement des pages et des pages de dossier, s'interrompant de temps à autre pour tremper ses lèvres dans un verre de porto, ou se levant pour aller d'un pas pesant consulter les livres rangés le long des murs afin d'y vérifier une référence. Il n'arrivait pas à concilier l'image du juge cruel avec celle du savant studieux et calme, le trait d'union lui échappait. Il y avait une telle dualité dans cette nature qu'il était impossible de prédire son comportement ; et il se demandait s'il avait bien fait de s'engager dans une affaire dont l'issue lui semblait incertaine, et même, sa confiance en lui-même venant tout à coup à lui manquer, s'il avait agi loyalement en attaquant son père ? Car il l'avait attaqué, il l'avait défié deux fois devant une nuée de témoins, et l'avait désavoué publiquement devant la foule. Qui l'avait chargé de juger son père sur des sujets aussi difficiles et abstraits ? Ce n'était pas à lui de le faire. Un étranger, peut-être, mais de la part d'un fils – il n'y avait pas à tortiller – de la part d'un fils c'était une perfidie. Et maintenant, entre ces deux natures si opposées, si odieuses l'une à l'autre, il y avait un affront impardonnable. Seule la providence divine pouvait savoir de quelle manière il serait ressenti par lord Hermiston.

Ces craintes torturèrent Archie toute la nuit et continuèrent de l'assaillir le matin d'hiver qui suivit. Elles l'accompagnèrent d'un cours à l'autre, le rendant particulièrement sensible à tout changement réel ou supposé dans l'attitude de ses camarades. Il les entendait se mêler à la voix de ses professeurs, et il les ramena chez lui le soir, insatiables et même accrues. La cause de cet accroissement de terreur fut une rencontre inopinée avec le célèbre docteur Gregory. Archie regardait vaguement la vitrine éclairée d'un libraire, tout en essayant de s'armer de courage en vue de l'épreuve à venir. Mylord et lui s'étaient vus le matin, comme cela leur arrivait depuis longtemps, en échangeant à peine les marques ordinaires de la civilité ; et il était évident pour le fils que rien encore n'avait transpiré aux oreilles de son père. En vérité, quand il se représentait la mine terrible de mylord, l'espoir lui vint que peut-être il ne se trouverait personne d'assez téméraire pour aller lui conter l'histoire. Si cela était, se demandait-il, recommencerait-il ? Et il ne trouvait pas de réponse. Ce fut à ce moment qu'une main se posa sur son bras et qu'une voix lui souffla à l'oreille :

« Mon cher monsieur Archie, vous feriez bien de venir me voir. »

Il tressaillit, se retourna et se trouva nez à nez avec le docteur Gregory.

« Et pourquoi devrais-je venir vous voir ? demanda-t-il avec cet air de défi qu'ont parfois les malheureux.

– Parce que vous paraissez extrêmement souffrant, répondit le docteur, et que vous avez manifestement besoin qu'on s'occupe de vous, mon jeune ami. Les braves gens sont rares, vous savez, et il y a peu de personnes qui seraient aussi regrettées que vous. Il y en a peu en tout cas qu'Hermiston regretterait. »

Et avec un hochement de tête et un sourire, le docteur poursuivit son chemin.

Un instant après, Archie le rattrapait, et le saisissant à son tour par le bras, quoique plus rudement, il lui demanda :

« Que voulez-vous dire ? Que voulez-vous dire par ces paroles ? Qu'est-ce qui vous fait croire qu'Hermis... que mon père, me regretterait ? »

Le docteur se retourna et le dévisagea d'un œil exercé. Un homme beaucoup moins intelligent que le docteur Gregory aurait sans doute deviné la vérité, mais la plupart, même en étant également enclins à la bienveillance, auraient gaffé, justement par excès de bienveillance. Le docteur fut mieux inspiré. Il connaissait bien le père. Sur le visage à la fois souffrant et intelligent d'Archie, il devina le secret du fils. Et il lui dit sans ambages et sans fard l'exacte vérité.

« Quand vous avez eu la rougeole, monsieur Archibald, j'ai bien cru que vous alliez me glisser entre les doigts. Eh bien, à ce moment-là votre père était très inquiet. Comment l'ai-je su ? me direz-vous. Simplement parce que j'ai l'habitude d'observer. Le signe que je lui ai vu faire alors aurait peut-être échappé à la majorité des gens, et peut-être – je dis bien peut-être, car c'est un homme difficile à juger – n'en a-t-il pas fait d'autre. Voyez plutôt vous-même. Un jour que j'étais venu vous voir : “Hermiston, lui dis-je, il y a un changement.” Aucun mot ne sortit de sa bouche, mais ses yeux étincelèrent comme ceux d'un fauve, si vous me passez l'expression. “Un changement en mieux”, ajoutai-je. Et je l'entendis distinctement reprendre sa respiration. »

Le docteur, qui avait le sens des effets théâtraux, porta la main à son bicorne (une vieillerie à laquelle il tenait) et répéta : « Distinctement » en haussant les sourcils, puis il prit congé en laissant Archie interdit au milieu de la rue.

L'anecdote peut paraître infime, mais elle eut une portée immense pour Archie.

« Je ne savais pas que mon père fût un animal à sang chaud », se dit-il.

Il n'avait jamais songé que le terrible sire qui était son père, cet antique aborigène, cet inflexible et adamantin Adam, eût assez de sang dans les veines pour s'émouvoir même de manière infinitésimale, à propos d'autrui, surtout quand cet autre était lui-même, lui qui l'avait insulté ! Avec la générosité de la jeunesse, Archie passa instantanément dans le camp adverse avec armes et bagages ; il se créa aussitôt une nouvelle image de lord Hermiston, celle d'un homme d'un abord austère et rébarbatif, mais qui était tout sensibilité à l'intérieur. L'esprit du vil bouffon, la langue acérée qui avait poursuivi Duncan Jopp de ses quolibets jusque sous le gibet, le visage sévère qu'il avait connu et craint pendant si longtemps, tout cela était oublié ; et il se hâta de rentrer à la maison, pressé de confesser ses méfaits, et impatient de se mettre à la merci de ce personnage sublime qu'il venait d'inventer.

Le réveil fut rude et ne se fit pas attendre. La nuit était presque tombée et comme il s'approchait du seuil de la maison déjà éclairée, il reconnut la silhouette de son père arrivant du côté opposé. Il restait encore un tout petit peu de jour. Mais quand la porte s'ouvrit, le vif éclat de la lampe jaillit sur le palier et éclaira en plein Archie tandis qu'il s'écartait respectueusement pour céder le pas à son père. Le juge arriva sans hâte, d'un pas ferme et majestueux, le menton haut, le visage illuminé, les lèvres serrées. Il n'y eut pas l'ombre d'une altération sur sa physionomie. Sans regarder ni à droite ni à gauche, il gravit les marches, passant tout près d'Archie, et pénétra à l'intérieur de la maison. Instinctivement, le jeune homme, à son approche, avait fait un mouvement vers lui ; instinctivement, il s'était reculé contre la balustrade tandis que le vieillard passait devant lui d'un air ostensiblement outré. Toute parole était désormais inutile – il savait tout, peut-être même plus que tout – et l'heure du jugement était proche.

Après cet écroulement soudain de ses espérances, et devant l'imminence du danger qui l'attendait, peut-être Archie songea-t-il à s'enfuir. Mais même cela lui fut impossible. Mylord, après avoir suspendu son manteau et son chapeau, se retourna sur le seuil et, de son pouce, il intima à son fils l'ordre de se taire. Alors, cédant au mystérieux instinct de l'obéissance, Archie le suivit à l'intérieur.

Un silence effrayant régna à la table du juge durant tout le dîner, et dès qu'ils eurent fini de manger celui-ci se leva.

« Mac Killop, portez le vin dans ma chambre, dit-il, puis, s'adressant à son fils : Archie, toi et moi avons à causer. »

C'est à ce moment crucial que, pour la première et la dernière fois, Archie sentit tout son courage l'abandonner.

« J'ai un rendez-vous, dit-il.

– Il devra être remis, alors », dit Hermiston, et il le précéda dans son bureau.

Une lampe à abat-jour diffusait une lumière tamisée, la cheminée était bien garnie, la table couverte d'une bonne épaisseur de dossiers bien rangés, et la pièce entièrement tapissée de livres de loi, à l'exception de la fenêtre et des portes.

Pendant un moment, Hermiston se chauffa les mains devant le feu en tournant le dos à Archie ; puis tout à coup il lui laissa voir le visage patibulaire du juge pendeur.

« Qu'est-ce que j'apprends à votre sujet ? » demanda-t-il.

Il n'y avait pas de réponse possible pour Archie.

« Je vais vous le dire alors, poursuivit Hermiston. Il paraît que vous avez invectivé le père qui vous a conçu, et qui, en outre, est un juge de Sa Majesté dans ce pays. Et cela sur la voie publique, pendant qu'on exécutait une sentence du tribunal. Il paraît également que vous avez donné libre cours à vos opinions lors d'une conférence d'étudiants. »

Il s'arrêta un instant, puis avec une amertume extraordinaire il ajouta :

« Misérable idiot !

– Je me proposais de vous en parler, bégaya Archie, mais je vois que vous êtes bien informé.

– Merci du renseignement, dit mylord en s'asseyant dans son fauteuil habituel. Ainsi vous désapprouvez la peine de mort ?

– J'en suis désolé, monsieur, mais c'est la vérité.

– J'en suis également désolé, dit mylord. Et maintenant, si vous le voulez bien, nous allons aborder cette affaire d'un peu plus près. Donc, lors de la pendaison de Duncan Jopp – et, ma foi, vous avez bien choisi votre lascar –, au milieu de toute la populace de la ville, vous avez jugé bon de crier : "C'est un meurtre caractérisé, et mon cœur se soulève contre celui qui a fait pendre cet homme !"

– Non, monsieur, ce n'étaient pas là exactement mes paroles ! s'écria Archie.

– Et quelles étaient donc vos paroles ? demanda le juge.

– Je crois avoir dit : "Je déclare que c'est un assassinat." Ou plus exactement : un défi à Dieu. Je n'ai nul désir de vous voiler la vérité, ajouta-t-il en levant un instant les yeux sur son père.

– Dieu ! Ah, il faut que vous le mêliez à vos affaires lui aussi ! cria Hermiston. Vous n'avez donc rien dit du soulèvement de votre cœur ?

– C'est plus tard, mylord, au moment où j'ai quitté la conférence. J'ai dit alors que j'étais allé voir pendre ce misérable et que cela m'avait soulevé le cœur.

– Ah, vraiment ? fit Hermiston. Et je suppose que vous saviez qui l'avait fait pendre ?

– J'étais présent au procès, je ne vous le cacherai pas. Je vous demande pardon à l'avance de toute expression qui pourrait vous sembler irrespectueuse. La situation dans laquelle je me trouve n'est pas des plus enviables, expliqua notre malheureux héros. J'ai pris connaissance de certaines de vos causes. Oui j'étais présent quand Jopp fut jugé. Ce fut une hideuse affaire, père, une chose hideuse ! C'était un homme vil, je le veux bien, mais pourquoi l'avoir poursuivi avec une vilenie égale à la sienne ? Car vous y avez pris du plaisir, oui c'est bien ça, vous l'avez traqué avec joie. Et moi je regardais ce spectacle, Dieu me pardonne, avec horreur.

– Vous êtes un jeune homme qui n'approuve pas la peine capitale, dit Hermiston. Eh bien, moi, je suis un vieil homme qui l'approuve. J'ai été heureux de faire pendre Jopp, je ne m'en cache pas, et pourquoi prétendrais-je le contraire ? Vous êtes pour la franchise, à ce qu'il paraît, vous ne pouvez même pas vous taire sur la voie publique. Pourquoi me tairais-je à la barre, moi qui suis le magistrat du roi, le porteur du glaive, la terreur des malfaiteurs, comme je l'ai été depuis le commencement de ma carrière et comme je le serai jusqu'à la fin. C'en est assez ! Hideux, dites-vous ? Ma foi, je n'ai jamais pensé à ce genre de choses. Mon rôle n'est pas d'être gentil. Je suis un homme qui fait son travail, que cela vous suffise. »

Au fur et à mesure qu'il parlait, la note de sarcasme qui était dans sa voix avait disparu, et maintenant les paroles qu'il prononçait étaient empreintes de la dignité du magistrat.

« Je ne sais pas si vous pouvez en dire autant, reprit-il, mais j'en doute. Vous avez pris connaissance de certains de mes procès, dites-vous. Mais ce n'était pas pour y étudier le fonctionnement de la justice, c'était pour espionner votre père et mettre à nu ses faiblesses. Belle occupation pour un fils ! Vous vous ébrouez, vous folâtrez comme un poulain. Vous ne devez plus penser au barreau, mon jeune ami. Vous n'êtes pas fait pour ça. Là, il n'y a pas de place pour les gens qui folâtrent. Et puis il y a une autre raison : que vous soyez mon fils ou non, vous avez calomnié publiquement l'un des sénateurs de la Cour de justice, et je veillerai à ce que vous n'y soyez jamais admis vous-même. Il y a certaines bienséances à observer. Et maintenant se pose la question suivante : que vais-je faire de vous ? Il faudra bien que vous travailliez, car je n'ai pas l'intention de vous entretenir pour ne rien faire. À quoi vous imaginez-vous être bon ? La chaire ? Non, on n'arrivera jamais à faire entrer deux doigts de théologie dans votre cervelle. Celui qui s'offense de la loi des hommes ne saurait être apte à faire respecter la loi de Dieu. Que feriez-vous de l'enfer ? Votre cœur ne se soulèverait-il pas aussi contre lui ? Non, il n'y a pas de place pour des écervelés comme vous sous la bannière de Jean Calvin. Alors quoi ? Parlez. N'avez-vous aucune idée ?

– Père, laissez-moi aller en Espagne*, dit Archie. C'est tout ce que je puis faire – me battre.

– C'est tout ? répéta le juge. Et ce serait bien assez, par ma foi, si je le jugeais bon. Mais je ne vous laisserai jamais vous approcher des Français, vous êtes déjà assez français comme ça.

– Là, vous ne me rendez pas justice, monsieur, dit Archie. J'ai toujours été loyal, je le dis sans me vanter. Et si j'ai pu éprouver quelque sympathie pour la France...

– Avez-vous été si lnyal envers moi ? » interrompit son père.

Il n'y eut pas de réponse.

« Je me permets d'en douter, continua Hermiston. Et je n'enverrai pas servir le roi, que Dieu le bénisse, un fils qui s'est dressé contre son père. Vous pouvez jeter votre gourme ici sur les pavés d'Édimbourg, le mal n'est pas grand. Il ne saurait m'éclabousser. Et y en eût-il vingt mille comme vous qu'ils n'en auraient pas moins le chagrin de voir pendre un Duncan Jopp. Mais, dans une armée, c'est une autre affaire. Là, il faut marcher au pas, et si je vous y envoyais, vous découvririez par vous-même si lord Wellington approuve ou non la peine capitale. Vous, un soldat ! cria-t-il dans un brusque élan de mépris. Femmelette, les soldats en brairaient comme des ânes ! »

Comme au baisser d'un rideau, Archie s'aperçut de la fausseté de sa position et en fut consterné. En même temps, il éprouvait une vive impression de la valeur essentielle du vieillard qui se trouvait devant lui, quoiqu'il eût été bien en peine de dire d'où elle lui venait.

« N'avez-vous pas d'autre suggestion ? demanda mylord.

– Vous avez pris la chose avec tant de calme, monsieur, que j'en demeure confondu, commença Archie.

– Ne vous méprenez pas, je suis plus écœuré par votre comportement que je ne saurais le dire. »

Le sang afflua au visage d'Archie.

« Je vous demande pardon, j'aurais dû dire que vous aviez accepté mon affront... car je reconnais qu'il s'agit bien là d'un affront. Je ne pensais pas vous faire des excuses, mais je vous les

* Se battre dans les armées de Wellington contre les troupes napoléoniennes.

fais, je vous demande pardon. Cela n'arrivera plus, je vous en donne ma parole d'honneur... Je dois dire aussi que j'admire la magnanimité dont vous faites preuve à l'égard de votre... offenseur, conclut Archie d'une voix étranglée.

– Je n'ai pas d'autre fils, voyez-vous, dit Hermiston. Et ma foi, j'en ai un joli ! Mais je dois m'en accommoder le mieux possible, et que puis-je en faire ? Si vous aviez été plus jeune, je vous aurais fouetté pour cette ridicule démonstration. Mais, les choses étant ce qu'elles sont, je dois sourire et en prendre mon parti. Il y a cependant une chose que vous devez bien comprendre. En tant que père, je dois passer là-dessus, quoiqu'il m'en coûte ; mais eussé-je été le lord-procureur au lieu du lord-juge, fils ou pas fils, Mr. Archibald Weir aurait passé la nuit en prison. »

Archie était à présent dompté. Lord Hermiston était certes dur et cruel, et pourtant son fils devinait en lui une noblesse sans tache, une abnégation austère, un effacement total de l'homme devant sa fonction. À chaque parole, le sentiment de la grandeur d'âme de lord Hermiston le touchait davantage ; et en même temps il sentait sa propre impuissance à lui qui avait frappé – et peut-être bassement – son propre père, sans même parvenir à l'égratigner.

« Je me remets entièrement entre vos mains, dit-il.

– Voilà la première parole raisonnable que vous ayez dite ce soir. De toute façon, cela aurait fini ainsi, d'une manière ou d'une autre ; mais, à tout prendre, il vaut mieux que vous y soyez venu de votre plein gré plutôt que par la contrainte. Eh bien, à mon jugement – et mon jugement est en l'occurrence le meilleur –, je ne vois qu'un seul métier que vous puissiez faire à peu près correctement, et c'est celui de fermier*. Au moins là vous ne pourrez pas faire grand mal. Et si vous voulez vous chamailler, vous pourrez toujours vous chamailler avec le bétail. La seule peine capitale qu'on y pratique est la pêche à la truite. Mais attention, je ne vous envoie pas là-bas pour vous tourner les pouces. Je n'aime pas les fermiers paresseux. Tout homme doit travailler, ne fût-ce qu'à colporter des ballades ; travailler, être fouetté ou être pendu. Si je vous installe à Hermiston, j'entends que vous fassiez rendre cette ferme comme elle n'a encore jamais rendu. Vous serez le pâtre de mon troupeau. Vous y serez également mon métayer, et j'entends bien que ça me rapporte. Est-ce clair ?

– Je ferai de mon mieux, dit Archie.

* Laird : propriétaire terrien en Écosse.

– Très bien. J'enverrai donc un mot à Kirstie demain matin, et vous pourrez partir le jour suivant, dit Hermiston. Et tâchez d'être un peu moins idiot à l'avenir ! » conclut-il avec un sourire glacial, puis il se retourna aussitôt vers les papiers qui étaient étalés sur son bureau.

CHAPITRE IV

Opinions de la Cour

Un peu plus tard, dans la même soirée, après avoir erré quelque temps dans les rues, ses pas conduisirent Archie jusqu'à la demeure de lord Glenalmond, lequel le reçut, assis dans sa salle à manger, un livre sur les genoux, devant trois boulets de charbon rougis. Dans sa robe de juge, au tribunal, Glenalmond paraissait avoir une certaine corpulence ; mais là, dépouillé de cet attribut, c'était un homme semblable à une perche qui se déplia difficilement de son siège pour accueillir son visiteur. Archie avait beaucoup souffert au cours de ces derniers jours, et il avait encore souffert ce soir-là : son visage était blême, ses traits tirés, ses yeux sombres et farouches. Mais lord Glenalmond le salua sans la moindre trace de surprise ou de curiosité.

« Entrez, entrez, dit-il. Entrez et asseyez-vous. Carstairs (c'était son serviteur), tisonnez le feu, et apportez ensuite de quoi manger, puis, se tournant vers Archie, il ajouta d'une voix familière : je vous attendais un peu.

– Je vous remercie, monsieur, mais il n'est pas question que je puisse manger, dit Archie.

– Il le faudra bien pourtant, si vous m'en croyez, dit le vieil homme en posant sa main sur son épaule.

– Savez-vous ce qui m'amène ? interrogea Archie quand le serviteur eut quitté la pièce.

– Je le devine, je le devine, répondit Glenalmond. Nous en parlerons tout à l'heure, quand Carstairs nous aura servis et que vous aurez mangé un morceau de cet excellent cheddar* et bu une chope de porter. Pas avant.

– Il m'est impossible de manger, répéta Archie.

* Fromage de la vallée de Cheddar.

– Taratata ! fit lord Glenalmond. Vous n'avez rien pris aujourd'hui, et hier non plus, je crois pouvoir ajouter. Croyez-moi, ce n'est pas ainsi qu'on résoud les problèmes. L'affaire qui vous amène est peut-être fort désagréable, mais si vous deviez tomber malade et mourir ce serait encore pire, et cela pour tous ceux qui vous entourent, je dis bien pour tous ceux qui vous entourent.

– Je vois que vous savez la vérité. Où l'avez-vous apprise ?

– À la foire aux scandales, autrement dit au Parlement. Le bruit circule d'abord dans le public, puis il monte jusqu'au tribunal et parvient enfin jusqu'à l'oreille des juges. »

Carstairs revint à ce moment-là et servit rapidement un petit souper. Pendant ce temps, lord Glenalmond parlait de choses et d'autres, de sorte qu'on peut dire qu'il faisait un bruit agréable plutôt qu'il n'entretenait véritablement la conversation. Archie était assis de l'autre côté de la table et ne prêtait qu'une attention distraite à ce que l'autre lui disait, l'esprit préoccupé par ses torts et par ses erreurs.

Dès que le serviteur eut tourné les talons, il demanda avec chaleur :

« Qui a renseigné mon père ? Qui a osé le lui dire ? Serait-ce vous ?

– Non, ce n'est pas moi, dit le juge, quoique, pour être franc avec vous, j'aie bien été tenté de le faire. Je crois que c'est Glenkindie.

– Cet avorton !

– Comme vous dites, cet avorton, bien que ce ne soit pas une expression très convenable pour qualifier un sénateur de la Cour de justice. Nous étions en train d'écouter les avocats dans une affaire longue et difficile qui se plaidait devant les quinze. Creech s'étendait en long et en large à propos d'une investiture lorsque je vis Glenkendie se pencher vers Hermiston, la main sur la bouche, et lui faire une communication secrète. Nul n'aurait pu en deviner la teneur à voir votre père, par contre il suffisait de regarder Glenkindie pour comprendre. La malice étincelait dans ses yeux. Et quand je dis : étincelait, l'expression est à la fois trop fine et trop faible. Mais votre père ne montrait rien. Un homme de granit. L'instant d'après, il s'abattait sur Creech. "Mr. Creech, dit-il, je veux voir cette saisine", et pendant la demi-heure qui suivit, dit Glenalmond avec un sourire, MM. Creech et Cie livrèrent un combat désespéré qui, je n'ai pas besoin de vous le dire, se termina par leur déroute totale. Ils furent déboutés de leur demande. Non, jamais je n'avais vu Hermiston aussi bien inspiré. Il volait littéralement *in apicibus juris**. »

Archie ne put y tenir davantage. Il écarta son assiette et, mettant un terme à ces propos volontairement insignifiants, il s'écria :

« Je me suis ridiculisé, si ce n'est pas pis ! Je vous demande de juger entre nous, entre un père et son fils. Je puis vous parler librement à vous, ce n'est pas comme... Je vous dirai donc ce que je pense et ce que j'ai l'intention de faire, et vous pourrez juger.

– À Dieu ne plaise, fit Glenalmond avec le plus grand sérieux. Mais, mon cher enfant, si cela peut vous faire du bien de parler et si vous voulez bien entendre à votre tour ce que je pourrai avoir à vous dire une fois que je vous aurai entendu, je suis à votre entière disposition. Permettez à un vieil homme de vous l'avouer une fois sans rougir : je vous aime comme un fils.

– Ah ! s'écria Archie d'une voix entrecoupée. Vous m'aimez comme un fils ! Et moi, comment croyez-vous que j'aime mon père ?

– Calmez-vous, mon garçon !

– Je vais me calmer, et je serai franc, d'une franchise totale. Je n'aime pas mon père. Je me demande même parfois si je ne le hais pas. C'est une honte, peut-être même un péché, mais du moins, devant Dieu qui me voit, ce n'est pas ma faute. Comment aurais-je pu l'aimer ? Il ne m'a jamais causé, jamais souri. Je ne sais même pas s'il ne m'a jamais touché. Vous connaissez sa façon de parler. Vous ne parlez pas comme lui, et cependant vous pouvez rester près de lui et l'écouter sans frissonner. Pas moi. Tout mon être se révulse quand il commence à parler, je pourrais alors le frapper au visage. Et tout ça n'est rien. J'étais au procès de ce Jopp. Vous n'y étiez pas, mais vous devez avoir souvent entendu mon père au tribunal. Du reste, il est réputé pour sa cruauté – jugez de ma position – c'est mon père, et voilà comment il me faut en parler. Oui, je disais qu'il était bien connu pour sa brutalité, sa cruauté et sa lâcheté. Lord Glenalmond, je vous en donne ma parole, quand je suis sorti de ce tribunal, je voulais mourir – la honte qui m'accablait... était au-dessus de mes forces. Mais je... je... »

Il se leva de sa chaise et se mit à arpenter fiévreusement la pièce.

« Mais qui suis-je ? Un enfant qui ne sait rien de la vie, qui n'a jamais rien fait, si ce n'est défier misérablement son père. Mais je vous le dis, mylord, car je me connais, je suis du moins ce genre d'homme, ou d'enfant si vous préférez, je préférerais mourir dans

* Sur les cimes du droit.

les tourments plutôt que de voir quelqu'un souffrir comme ce misérable a souffert. Mais à quoi a servi cette générosité ? À me rendre ridicule et odieux, comme je viens de vous le dire. Je suis allé demander pardon à mon père et j'ai remis entièrement mon sort entre ses mains, et voilà qu'il m'envoie à Hermiston, pour la vie, j'imagine, ajouta-t-il avec un triste sourire. Mais que puis-je dire ? Il me semble en avoir usé honnêtement à mon égard et m'avoir traité mieux que je ne l'ai mérité.

– Mon pauvre, mon cher enfant ! s'exclama Glenalmond. Mon pauvre fou d'enfant, si vous me permettez de vous le dire. Vous venez seulement de découvrir sur quelle planète vous vivez ; pour quelqu'un de votre tempérament ou du mien, c'est une découverte cruelle. Le monde n'a pas été fait pour nous. Il a été fait pour des centaines de millions d'hommes, tous différents les uns des autres et de nous. Il n'existe pas de voie royale ici-bas. Le monde est une foire d'empoigne, comme vous commencez à vous en apercevoir. Ne croyez pas toutefois que je sois surpris par ce que je viens d'entendre. Et ne supposez pas non plus qu'il me viendrait jamais à l'idée de vous blâmer. Je serais plutôt tenté de vous admirer ! Mais il me vient à l'esprit une ou deux observations sur l'affaire qui nous occupe qui, si vous voulez bien les écouter calmement, vous amèneront peut-être à la considérer avec plus de sérénité. D'abord, je me permettrais de vous reprocher une certaine intolérance vis-à-vis de votre père. Vous dites avoir été profondément choqué de certaines grossièretés auxquelles se livre votre père après dîner, ce qui est parfaitement son droit, et qui (bien que je n'en sois pas très friand moi-même) me paraît être entièrement une affaire de goût. Votre père, je n'ai pas besoin de vous le rappeler, est plus âgé que vous. Du moins est-il *major* et *sui juris*, et donc parfaitement libre de choisir le fond et la forme de ses conversations. Et puis, savez-vous qu'il pourrait fort bien nous retourner le compliment, à vous et à moi ? Nous le trouvons parfois grossier, mais j'imagine qu'il peut fort bien nous trouver ennuyeux. Qu'en pensez-vous ? »

Il adressa un large sourire à Archie, dont le visage resta de marbre.

« Et maintenant, considérons, s'il vous plaît, le problème d'Archibald et de la peine capitale, poursuivit le juge. C'est là une opinion académique parfaitement défendable, bien que je ne puisse et ne veuille pas la partager. Ce qui ne veut pas dire que beaucoup de gens tout à fait estimables ne l'aient pas soutenue par le passé. Il est possible qu'autrefois j'aie trempé moi aussi dans la même hérésie. Mon troisième, ou plutôt mon quatrième client, fut la cause de mon revirement d'opinion. Je n'avais jamais vu d'homme dont la sincérité me paraissait plus éclatante. Je me serais jeté au feu, je me serais fait crucifier pour lui. Or, quand il vint à être jugé, je vis peu à peu se dessiner devant moi, à la lumière de preuves irréfutables, un misérable d'une telle noirceur, d'une telle bassesse et d'un tel sang-froid que je fus tenté un instant de me dessaisir de l'affaire. L'indignation qui me soulevait alors était au moins égale sinon plus forte à l'ardeur que j'avais mise à préparer sa défense. Mais je me dis : "Non, tu as accepté de te charger de cette affaire, et ce n'est pas parce que tu as changé d'idée que tu dois y renoncer. Toute cette riche rhétorique que tu as élaborée la nuit dernière n'est certes plus de mise, et cependant tu ne dois pas abandonner ton client, tu dois dire quelque chose." Je trouvai donc quelque chose à lire et le tirai d'affaire. Cela établit ma réputation. Mais une expérience comme celle-là est instructive. Un homme ne doit pas apporter ses passions à la barre ni sur le banc des juges », ajouta-t-il.

Cette histoire avait légèrement ravivé l'intérêt d'Archie.

« Je conçois parfaitement que pour certains criminels la mort serait souhaitable. Mais qui sommes-nous pour sonder les actes des malheureuses créatures de Dieu ? Comment pouvons-nous nous fier à notre propre jugement quand il semble que Dieu lui-même y réfléchit à deux fois avant de frapper, et, qui plus est, de le faire avec joie ? Oui, avec joie. *Tigris ut aspera**.

– Ce n'est peut-être pas un spectacle très ragoûtant, observa Glenalmond, mais il ne manque pourtant pas de grandeur.

– J'ai eu une longue conversation avec mon père ce soir, dit Archie.

– C'est ce que j'ai déduit.

– Et je n'ai pas pu me défendre d'un sentiment d'admiration à son égard, oui, d'admiration pour ce qu'il y a en lui de grandeur. Car il a de la grandeur, c'est incontestable. Il n'a pas dit un mot de lui, il a seulement parlé de moi. Oui, je l'ai admiré, c'est ce qu'il y a de plus affreux...

– Et si nous causions d'autre chose ? interrompit Glenalmond. Vous le savez bien, cela ne vous aidera en rien de ressasser tout ça, et je me demande parfois si vous et moi – deux sentimentaux comme on n'en fait plus – sommes capables de juger des hommes ordinaires.

* Comme un tigre farouche.

– Que voulez-vous dire ?

– Je veux dire de les juger en toute équité. Pouvons-nous être justes envers eux ? Ne leur demandons-nous pas trop ? Vous disiez il y a un instant : qui sommes-nous pour sonder les actes des malheureuses créatures de Dieu ? Vous pensiez alors – du moins, c'est ce que j'ai compris – uniquement à la peine capitale. Mais cela ne peut-il pas s'appliquer – je me le demande – à toutes les situations ? Est-il plus facile de juger un honnête homme, ou disons un homme à demi honnête, que le pire des scélérats ? Chacun ne peut-il invoquer de bonnes excuses ?

– Ah, mais il n'est pas question de punir les honnêtes gens ! s'écria Archie.

– Non, en effet, mais c'est pourtant ce que nous faisons, il me semble. Prenez votre père, par exemple.

– Vous pensez que je l'ai puni ? »

Lord Glenalmond courba la tête.

« Ma foi, vous avez raison, reprit Archie. Et le pire, c'est que je crois qu'il s'en doute. Jusqu'à quel point ? Qui peut le dire avec un homme pareil ? Mais je crois en effet qu'il s'en doute.

– Et moi, j'en suis certain.

– Vous en a-t-il parlé ? demanda Archie.

– Oh, non.

– Eh bien, je vais vous le dire honnêtement, dit Archie. Je veux réparer le mal que je lui ai fait. J'irai à Hermiston, comme je m'y suis engagé vis-à-vis de lui. Et maintenant, je m'engage vis-à-vis de vous, et devant Dieu, à ne plus proférer un seul mot sur la peine capitale ainsi que sur tous les autres sujets sur lesquels nos opinions à mon père et à moi pourraient différer par trop. Pendant combien de temps ? Le temps qu'il me faudra pour devenir raisonnable – mettons : dix ans. Est-ce bien ?

– C'est bien.

– C'est, me semble-t-il, une durée suffisante pour ravaler mon orgueil. Mais vis-à-vis de celui que j'ai insulté publiquement ? Comment puis-je réparer ? Comment rendre justice à un monument comme lui ?

– Il n'y a qu'une façon, répondit Glenalmond. Par l'obéissance. Une obéissance prompte, ponctuelle et scrupuleuse.

– Je vous promets qu'il l'aura, et je vous tends la main comme gage de cette résolution.

– Et je l'accepte solennellement, répondit le juge. Que Dieu vous bénisse, mon cher enfant, et qu'il vous donne la force de tenir votre promesse. Qu'il vous guide dans le droit chemin, qu'il épargne vos jours et qu'il vous conserve un cœur honnête. »

Sur quoi il baisa le jeune homme sur le front à la manière des gens d'autrefois, à la fois gracieuse et quelque peu distante. Puis, aussitôt, avec un changement de voix marqué, il aborda un autre sujet.

« Et maintenant, dit-il, remplissons nos chopes. Et je crois que si vous voulez bien tâter à nouveau de mon cheddar, vous vous apercevrez que vous avez meilleur appétit que tout à l'heure. La Cour a parlé, la cause est entendue.

– Non, j'ai encore quelque chose à dire ! s'écria Archie. Et je tiens à le dire pour rendre justice à mon père. Je sais – et je le crois sincèrement, absolument, après notre conversation – qu'il ne me demandera jamais rien d'injuste. Je suis fier de penser que nous avons au moins cela en commun, lui et moi, et je suis fier de pouvoir vous le dire à vous. »

Le juge, les yeux brillants, leva sa chope.

« Et maintenant nous pouvons peut-être nous permettre de porter un toast, dit-il. Je propose que nous buvions à la santé d'un homme très différent de moi et qui m'est très supérieur – d'un homme avec lequel je n'ai pas toujours été d'accord, et qui, pour parler vulgairement, m'a souvent hérissé le poil, mais que je n'ai jamais cessé de respecter et, si je puis ajouter, qui m'a toujours inspiré une certaine crainte. Dois-je vous dire son nom ?

– Le lord-juge Hermiston », conclut Archie avec une pointe de gaieté dans la voix, et tous deux vidèrent leur chope d'un trait.

Il n'était pas très facile après une telle scène de rétablir le ton naturel de la conversation. Mais le juge ne ménagea pas ses efforts pour y parvenir. Il avait sorti sa tabatière (qu'on voyait rarement) pour remplir un vide dans la conversation, et, voyant qu'Archie ne l'avait même pas remarquée, il s'apprêtait à aller chercher un livre dans sa bibliothèque pour lui lire un de ses passages favoris quand on entendit heurter violemment à la porte d'entrée. Carstairs alla ouvrir, et introduisit lord Glenkendie, encore tout échauffé par le souper qu'il venait de prendre. Glenkendie, qui n'avait jamais été un Adonis, étant gras et replet, avec une expression de sensualité comparable à celle d'un ours, arrivant en sifflant, le visage congestionné par la boisson et les yeux vitreux, offrait alors un contraste encore plus marqué avec la silhouette haute, pâle et princière, de Glenalmond. Un flot de pensées confuses submergea Archie. Il ressentit d'abord de la honte, car l'homme peu ragoûtant qui s'offrait à sa vue était l'un des amis intimes de son père ; puis de l'orgueil, car, à tout le moins, Hermiston, lui, tenait bien le vin ; et enfin de rage, car c'était là l'homme qui l'avait dénoncé à son père. Et puis cette impression aussi passa ; et il resta assis, tranquillement, en attendant son heure.

Le sénateur s'embarqua tout de suite dans une explication avec Glenalmond. Il y avait un point de droit qu'ils avaient négligé la veille, et auquel il ne trouvait ni queue ni tête. Voyant de la lumière dans la maison, il était entré pour vider une chope – et c'est à ce moment de la conversation qu'il s'aperçut de la présence d'une tierce personne. Archie vit alors la bouche de poisson mort de Glenkendie entrouvrir ses lèvres épaisses, et une lueur d'intelligence s'allumer dans ses yeux.

« Qui est-ce ? Ce ne serait-y pas notre Don Quichotte local ? Et comment allez-vous, mon petit ? Et comment va votre cher père ? Mais que faut-il penser de tous ces bruits qu'on rapporte à votre sujet ? Seriez-vous devenu un de ces niveleurs*, à ce qu'on raconte ? Plus de rois, plus de parlements, et votre cœur, à ce qu'il paraît, qui se soulève devant les huissiers, de bien dignes gens pourtant. Mais, mais, mais... Qui l'eût cru ! Le fils d'Hermiston ! C'est le monde renversé, ma parole ! »

Archie, qui s'était levé, rougit légèrement en s'entendant répéter cette malheureuse figure de rhétorique, puis il répondit avec un grand calme :

« Mylord, et vous, lord Glenalmond, mon très estimé ami, je profite de l'occasion qui m'est fournie pour vous présenter mes excuses à tous les deux et vous faire ma confession.

– Comment, une confession ? Mais c'est à un juge que vous devez vous adresser, mon jeune ami ! s'écria le jovial Glenkendie. Moi, j'aurais trop peur de vous écouter. Pensez donc ! Si vous alliez me convertir !

– Si vous voulez bien me permettre, mylord, répondit Archie. Ce que j'ai à dire est très important pour moi. Vous pourrez rire tout votre soûl quand je serai parti.

– Souvenez-vous que je ne veux rien entendre contre les huissiers ! » interrompit l'incorrigible Glenkendie.

Mais Archie continua comme s'il n'avait rien entendu.

* Égalitariste en politique : autrement dit, jacobin, partisan des idées nouvelles. Allusion également au parti des « levellers » qui, en 1647, s'était constitué au sein de l'armée de Cromwell et qui visait à l'abolition de toutes les distinctions et à l'établissement d'un gouvernement démocratique.

« J'ai joué hier et aujourd'hui un rôle pour lequel je n'ai à offrir que l'excuse de ma jeunesse. J'ai commis la folie de me rendre à une exécution capitale, où je me suis, malgré moi, donné en spectacle. Non content de cela, j'ai parlé le même soir au cours d'une conférence à l'université contre la peine capitale. Voilà tout mon crime, et si vous entendez dire autre chose contre moi, je proteste de mon innocence. J'ai déjà exprimé mes regrets à mon père, qui a eu la bonté d'excuser en quelque sorte ma conduite, à condition que j'abandonne mes études de droit... »

CHAPITRE V

L'hiver dans les landes

1. À Hermiston

La route d'Hermiston suit pendant longtemps une vallée dont la rivière, ombragée de saules et de bouleaux, pleine de cascades et de mares, est le lieu de rendez-vous des pêcheurs à la ligne et des moucherons. De loin en loin un sentier s'en écarte, et l'on aperçoit sur la hauteur, dans un pli du vallon, une ferme toute décrépie ; mais, le plus souvent, la route est solitaire et les collines dénuées d'habitations. La paroisse d'Hermiston est l'une des moins peuplées d'Écosse et, quand on y arrive enfin, on est à peine surpris de l'extraordinaire petitesse de l'église, une ancienne construction minuscule, pouvant contenir tout au plus une cinquantaine de fidèles, et sise au milieu d'une prairie au bord de la rivière, entre deux rangées d'une vingtaine de tombes chacune. Le presbytère, guère plus grand qu'un cottage, est entouré d'un jardin aux fleurs multicolores et de ruches en paille ; et cette petite colonie tout entière, église, presbytère, jardin et cimetière, s'abrite sous un bosquet de sorbiers, et tout au long de l'année le grand silence qui l'environne n'est interrompu que par le bourdonnement des abeilles, le murmure de la rivière et le tintement des cloches le dimanche. À un mille au-dessus de l'église, la route quitte la vallée et vous amène, au terme d'un raidillon, juste derrière la maison d'Hermiston, dans la cour des communs, devant la remise. Alentour s'étend la campagne. On y entend le chant du pluvier, de l'alouette et du courlis. Le vent y souffle, froid, pur et vif comme dans les gréements d'un navire ; et les sommets des collines se pressent les uns derrière les autres comme un troupeau au coucher du soleil.

La maison, construite il y a une soixantaine d'années, était confortable sans être belle ; une cour de ferme et un potager la flanquaient sur la gauche, avec un espalier où de petites poires vertes et dures venaient à maturité vers la fin d'octobre.

Le parc (si tant est qu'on pût lui donner ce nom) était assez vaste quoique fort mal entretenu. La bruyère avait débordé sur le mur de clôture où perchaient des coqs ; et un jardinier paysagiste eût été bien en peine de dire où finissait le parc et où commençaient les champs. Sous l'influence de Mr. Sheriff Scott, mylord avait entrepris de faire de grandes plantations ; aussi les sapins couvraient-ils plusieurs hectares, et leurs petits balais plumeux conféraient à la lande un faux air de bergerie pour enfants. L'odeur forte et suave des marais se mêlait à l'infinie mélancolie que répandait en toute saison le chant des oiseaux dans les collines. Nichée sur la hauteur et si peu abritée, la maison était froide, exposée aux intempéries, fouettée par les averses, détrempée par d'incessantes pluies qui faisaient ruisseler les gouttières, battue et souffletée par tous les vents du ciel ; et l'horizon était souvent noirci par les orages ou blanchi par les neiges hivernales. Mais la maison résistait bien aux intempéries, les cheminées étaient bien entretenues, et chaque pièce était éclairée par un feu de tourbe. Le soir, assis au coin de l'âtre, Archie entendait les rafales souffler sur la lande, en regardant le feu s'activer dans le combustible en terre et la fumée s'élever en volutes dans la cheminée et savourait le plaisir profond de se sentir à l'abri.

Malgré sa solitude, le jeune homme se passait fort bien de voisins. Chaque soir, s'il le voulait, il pouvait descendre jusqu'au presbytère partager un grog avec le pasteur – un vieux monsieur écervelé, tout filiforme comme un enfant grandi trop vite, encore actif malgré ses rhumatismes, et dont la voix éclatait continuellement en fausset nasillard, enfantin – et sa femme, une brave commère un peu lourdaude dont toute la conversation se résumait à dire bonjour et bonsoir. De jeunes fermiers du voisinage, tout aussi lourdauds et évaporés, lui firent un jour l'honneur d'une visite. Le jeune Hay de Romanes arriva sur son poney à courtes oreilles, et le jeune Pringle de Drumanno sur sa rossinante grise. La soirée terminée, Hay dut être porté au lit où il finit de cuver son vin ; Pringle se mit tant bien que mal en selle vers trois heures du matin, et, pendant qu'Archie se tenait avec la lampe au haut des marches, il fit tourner bride à sa carne, poussa un hurlement sauvage et disparut du petit cercle de lumière tel un fantôme. Deux ou trois minutes après, on entendit le galop de sa fuite effrénée, puis le son disparut derrière les escarpements de la montagne ; et de nouveau, bien plus tard, le martèlement des sabots du cheval fantôme révéla que la monture, sinon son cavalier, poursuivait toujours sa route.

Il y avait à Crossmichael, tous les mardis, aux « Clés Croisées », un club où les jeunes gens du pays se réunissaient pour boire sec – les profits du jeu couvrant la dépense, de sorte que le gagnant était celui qui buvait le plus. Archie n'appréciait guère ce genre de divertissements, les considérant plutôt comme un devoir. Il s'y rendait néanmoins assez régulièrement, tenait la boisson autant qu'un autre, avait quand il fallait le mot pour rire, et, en rentrant chez lui le soir, était encore capable de conduire son cheval à l'écurie, à l'admiration de Kirstie et de la jeune fille qui l'aidait. Il dîna à Driffel, et soupa à Windielaws. Il se rendit au bal d'Huntsfield pour la nouvelle année où on lui fit très bon accueil, puis il fut invité à une chasse à courre chez lord Muirfell que, dans un ouvrage où les lords-juges tiennent une si grande place, ma plume s'honore tout particulièrement de citer, en tant que membre du Parlement. Cependant, un sort identique à celui qu'il avait connu à Édimbourg l'attendait à Hermiston. L'habitude qu'il avait prise de s'isoler alla en s'accentuant : une austérité dont il était complètement inconscient, et un orgueil qui pouvait passer pour de l'arrogance, et qui n'était peut-être après tout que de la timidité, finirent par décourager et à offusquer ses nouveaux compagnons. Hay ne revint pas plus de deux fois, Pringle plus du tout, et il arriva un moment où Archie lui-même cessa de se rendre au Club du Mardi, et devint pour de bon, ainsi qu'on l'avait surnommé presque depuis le début, le Reclus d'Hermiston. Il paraît que Miss Pringle de Drumanno, au long nez, et Miss Marshall des Mains, aux grands pieds, eurent maille à partir à son propos le lendemain du bal, ce dont il fut loin de se douter, car il ne pouvait s'imaginer avoir été remarqué par deux jeunes filles aussi distinguées. Au bal même, lady Flora, la fille de lord Muirfell, lui adressa deux fois la parole, la seconde fois avec une nuance de supplication qui fit affluer le sang à ses joues et donna à sa voix des accents mélodieux. Archie recula d'un pas, le cœur battant, s'excusa poliment, et peu après la regarda danser avec ce jeune niais de Drumanno, enrageant de se trouver dans un monde où il était donné à un Drumanno de plaire et à un homme comme lui de faire tapisserie en rongeant son frein. Il semblait exclu, comme par une fatalité, des faveurs de cette société, semblait éteindre la gaieté sous ses pas, puis, se sentant tout de suite blessé, tirait sa révérence et se réfugiait dans la solitude. S'il avait seulement pu comprendre le personnage qu'il incarnait à son insu, et l'impression qu'il produisait dans ces yeux brillants et sur ces cœurs tendres ; s'il avait pu deviner que le Reclus d'Hermiston, jeune, gracieux, à la parole affable, mais d'un abord toujours froid, remuait le cœur des jeunes filles avec toutes les séductions du byronisme*, quand le byronisme était à son aurore, qui sait si son sort n'en eût pas été modifié ? On peut se le demander, mais pour ma part j'en doute. Il était dans sa destinée de s'éviter tout chagrin possible, voire toute ombre de chagrin, fût-ce au mépris de toute occasion de plaisir, de cultiver une conception romaine du devoir, ainsi que des goûts et des manières aristocratiques ; bref, d'être le fils d'Adam Weir et de Jeanne Rutherford.

2. Kirstie

Kirstie avait maintenant dépassé la cinquantaine, mais elle aurait encore pu poser pour un sculpteur. Svelte, le pied léger, la poitrine large et les hanches bien dessinées, avec ses cheveux d'or où n'apparaissait encore aucun fil d'argent, les années, en passant sur elle, n'avaient fait que l'embellir et la caresser. À considérer ses lignes riches et amples, elle semblait destinée à être l'épouse d'un héros et la mère de ses enfants. Or voilà que, par une véritable iniquité du sort, elle avait passé seule les années de sa jeunesse et que, bréhaigne, elle allait maintenant toucher à la vieillesse. Le besoin de tendresse qu'elle avait reçu à la naissance s'était, sous l'effet du temps et des désillusions, transformé en une sorte de rage stérile au travail et une fureur à se mêler de tout. Elle portait dans son ouvrage toutes les ardeurs d'un cœur frustré et lavait les planchers avec le désespoir d'une femme que l'amour avait cessé de visiter. Or si l'amour lui était désormais interdit, du moins lui restait-il le plaisir de dominer. Vive, loquace, colérique, elle était à couteaux tirés avec la plupart de ses voisins, et entretenait avec les autres ce qu'on pourrait appeler une neutralité armée. La femme de l'intendant avait été arrogante ; la sœur du jardinier, qui vivait avec son frère, s'était montrée impertinente ; et elle écrivait à lord Hermiston environ une fois l'an pour lui demander le renvoi des coupables, en justifiant sa demande par une profusion de

* Forme de dandysme misanthrope et dédaigneux mis à la mode par lord Byron.

détails. Car la querelle ne s'arrêtait évidemment pas à la femme de l'intendant, elle englobait également le mari, et, dans le cas de la sœur du jardinier, le jardinier lui-même. En conséquence de toutes ces querelles ridicules et autres intempérances de langage, Kirstie fut privée (tel un gardien de phare dans sa tour) des réconforts de la société humaine, et dut se rabattre sur sa bonne à tout faire qui, n'étant qu'une gamine entièrement à sa merci, était soumise aux variations d'humeur de sa maîtresse et réduite à accepter d'elle caresses et soufflets selon les caprices du moment. C'est à cette femme assoiffée de tendresse et dont le cœur semblait rebelle aux atteintes du temps que les dieux envoyèrent le cadeau équivoque de la présence d'Archie. Elle le connaissait depuis le berceau et se souvenait de l'avoir grondé quand il n'était pas sage ; mais comme elle l'avait à peine revu depuis sa dernière grave maladie, qu'il avait eue dans sa onzième année, la vue de ce grand jeune homme de vingt ans, mince et distingué, d'aspect quelque peu mélancolique, lui fit l'effet d'une nouvelle connaissance. C'était le « jeune Hermiston », le « laird en personne » ; il avait un air de supériorité native, des yeux noirs dont le regard droit et froid neutralisa d'entrée de jeu toutes les colères de cette femme et écarta par conséquent toute possibilité de querelle. C'était pour elle comme un inconnu, et donc il excita immédiatement sa curiosité. Il était également réservé, et cette réserve la tint en éveil. Enfin il était brun et elle était blonde, il était homme et elle était femme, est-il nécessaire d'en dire plus ?

Le sentiment qu'il lui inspirait tenait un peu de la loyauté d'une femme de clan, du culte qu'une vieille fille voue à un héros et de l'idolâtrie due à un dieu. Ridicules ou tragiques, tous les services qu'il aurait pu lui demander, elle les lui aurait rendus avec joie. Sa passion, car c'en était bien une, la comblait entièrement. Elle éprouvait une jouissance physique rien qu'à allumer sa lampe ou faire son lit quand il était absent, à lui retirer ses bottes humides ou à le servir à table à son retour. Une femme qui aurait été ainsi affolée, physiquement et moralement, par l'idée d'un homme, quel qu'il soit, aurait pu mériter l'épithète amoureuse, et se serait comportée comme telle. Mais Kirstie, quoique son cœur battît au seul bruit des pas du jeune homme, quoique, lorsqu'il lui tapotait l'épaule, son visage s'éclairât pour toute la journée, n'avait aucun espoir ni aucun projet au-delà du moment présent, souhaitant seulement qu'il se prolongeât jusqu'à la fin des temps. Jusqu'à la fin des temps, elle aurait voulu continuer à servir avec ravissement son idole, sans changer quoi que ce fût à leur vie, avec, disons deux fois par mois, une petite tape sur l'épaule pour toute récompense.

J'ai dit que son cœur tressaillait – c'est en effet la phrase convenue. Mais en réalité les choses ne se passaient pas tout à fait ainsi. Quand elle se trouvait seule dans l'une des pièces de la maison et qu'elle entendait le bruit des pas d'Archie le long d'un corridor, sa poitrine se soulevait lentement jusqu'à ce que sa respiration fût suspendue, puis retombait doucement avec un profond soupir quand les pas s'éloignaient et que son attente avait été déçue. Cette faim et cette soif perpétuelles de sa présence la tenaient sur le qui-vive toute la journée. Quand il partait le matin, elle le suivait d'un regard extasié. Et en fin d'après-midi, quand l'heure de son retour approchait, elle se postait dans un coin près du mur d'enceinte de la propriété, et là, elle pouvait rester une heure entière en s'abritant les yeux à attendre le plaisir austère et délicieux de le voir surgir dans la montagne à un mille de distance. Lorsque, le soir, elle avait garni la cheminée et allumé le feu, ouvert son lit et sorti sa chemise de nuit – et qu'il n'y avait plus rien à faire pour le plaisir de son roi qu'à se souvenir de lui avec ferveur dans ses prières qui d'ordinaire étaient plutôt tièdes, et d'aller se coucher en rêvant sur ses perfections, sa future carrière, et sur ce qu'elle lui préparerait le lendemain à dîner –, il lui restait encore une occasion de le voir, c'était d'aller rechercher le plateau du repas et de lui souhaiter bonne nuit. Parfois Archie levait les yeux de dessus son livre d'un air préoccupé et la saluait d'une brève inclinaison de tête qui n'était rien d'autre qu'une façon de prendre congé d'elle ; parfois, et de plus en plus souvent, il faut bien le dire, il posait le volume de côté et la voyait entrer avec un air de soulagement. La conversation qui s'engageait alors se prolongeait après le souper jusque tard dans la nuit devant le feu qui s'éteignait. Rien d'étonnant donc à ce qu'Archie goûtât un peu de compagnie après ses journées solitaires, et Kirstie, quant à elle, usait de tous les dons dont la nature l'avait richement dotée pour captiver son attention. Elle gardait de côté durant le dîner quelque alléchante nouvelle dont elle le régalait en apportant le souper, et qui constituait en quelque sorte le lever de rideau du divertissement de la soirée. Une fois qu'elle avait commencé son babil, elle était sûre de son affaire. Elle passait d'un sujet à l'autre par d'insidieuses transitions, craignant le moindre silence, redoutant presque de lui laisser le temps d'une réponse, de peur que celle-ci ne soit le prélude à une séparation. Comme beaucoup de personnes de sa classe, elle était une excellente conteuse ; elle se tenait sur le tapis devant la cheminée dont elle se servait comme d'une tribune, mimant ses histoires au fur et à mesure qu'elle les racontait, les truffant de détails passionnants, les entrelardant de « dit-il » et de « dit-elle » à tire-larigot, et baissant la voix jusqu'au murmure quand elle parlait de choses terribles ou surnaturelles. Et puis, tout à coup, elle s'exclamait d'un air faussement surpris en montrant la pendule : « Seigneur Dieu, Mr. Archie, quelle heure peut-il bien être ! Décidément, je n'ai plus tout à fait ma tête ! » Et donc, à force d'habileté, non seulement était-elle la première à commencer ces conversations nocturnes, mais également la première à les interrompre. Ainsi réussissait-elle à se retirer sans avoir été congédiée.

3. Une famille de la frontière*

Une telle intimité entre personnes de condition inégale n'est pas rare en Écosse où l'esprit de clan survit encore de nos jours ; où la servante passe souvent la plus grande partie de sa vie au service des mêmes maîtres, d'abord comme aide, ensuite comme tyran, et enfin comme pensionnaire ; et où, en outre, elle n'est pas nécessairement dénuée de tout orgueil de race, mais peut fort bien se flatter, comme dans le cas de Kirstie, d'être sinon la parente de son maître, du moins de connaître les légendes de sa propre famille et de compter parmi ses ancêtres quelque illustre mort. Telle est la marque distinctive de tout Écossais, quelle que soit sa classe sociale, qu'il garde à l'égard du passé une attitude qui peut paraître inconcevable à un Anglais, chérit le souvenir de ses aïeux, bons ou mauvais, et conserve un sentiment d'identité avec les morts même jusqu'à la vingtième génération. On n'aurait pas pu trouver un exemple plus caractéristique de ce phénomène que dans la famille de Kirstie Elliott. Ils étaient tous, et Kirstie la première, prêts à vous raconter leur généalogie, embellie de tous les détails que leur mémoire avait conservés ou que leur imagination avait inventés ; et, ma foi, qu'importe si à toutes les branches de cet arbre pendait une corde ! Les Elliott avaient certes une histoire assez mouvementée. Il est vrai qu'ils descendaient de trois des clans les plus malheureux de la frontière – les Nickson, les Ellwald et les Crozer. L'un après l'autre, on les voyait surgir des pluies et des brumes des collines pour vaquer à leurs furtives entreprises et

* La frontière écossaise et les comtés limitrophes.

regagner ensuite leur domicile, en poussant devant eux quelques misérables chevaux boiteux et autres vaches décharnées ; ou bien répandre la mort en hurlant au cours d'une vendetta dans quelque partie de la lande, repaire de furets et de chats sauvages. Puis, les uns à la suite des autres, ils achevaient leurs obscures aventures pendus à la potence royale ou à l'arbre de justice de quelque baron. Car les tromblons rouillés de la justice criminelle écossaise, qui d'ordinaire ne blessaient que les jurés, étaient devenus des armes de précision destinées à abattre les Nickson, les Ellwald et les Crozer. La célébrité de leurs exploits semblait seule hanter la mémoire de leurs descendants qui en avaient entièrement oublié la honte. L'orgueil gonflait leurs poitrines tandis qu'ils se vantaient de leur parenté avec Andrew Ellwald de Laverockstanes, surnommé « Dand le malchanceux », qui fut exécuté avec sept autres du même nom à Jeddart au temps du roi Jacques VI. Au milieu de tout ce tissu de crimes et d'infortunes, les Elliott de Cauldstaneslap avaient du moins un motif de fierté légitime : si les hommes étaient tous des gibiers de potence, nés hors-la-loi, voleurs ou meurtriers, les femmes, elles, disait la tradition, étaient toutes chastes ou fidèles. Mais l'empreinte de la race sur un caractère n'est pas limitée à la chair. Si j'achète des ancêtres à la pelle grâce au bon vouloir du Lyon King of Arms*, mon petit-fils, s'il est écossais, se sentira exalté au récit de leurs exploits. Les mâles de la famille Elliott étaient orgueilleux, violents, insoumis, conscients et fiers d'illustrer et de prolonger une tradition. Il en était de même du côté féminin. Et cette Kirstie, à la fois passionnée et insouciante, qui, accroupie sur une couverture, devant la flamme d'un feu de tourbe, racontait ces hauts faits, avait gardé au fond du cœur une vertu farouche.

Son père, Gilbert, avait été un homme très pieux, un puritain de vieille roche, ainsi qu'un contrebandier notoire.

« Je me rappelle, quand j'étais petite, toutes les claques que j'ai pu recevoir, et qu'on m'envoyait coucher comme les poules, disait-elle. C'était quand les garçons étaient sur la route avec leurs sacs de contrebande. Nous avions souvent la racaille de deux ou trois comtés dans notre cuisine entre minuit et trois heures du matin, tandis que leurs lanternes, il y en avait parfois bien une vingtaine, restaient allumées dans la cour. Mais les conversations impies n'étaient pas tolérées à Cauldstaneslap. Mon père ne badinait pas avec ces choses. Un juron, et c'était la porte ! Il avait un

* Président de la cour héraldique d'Écosse.

zèle pour le Seigneur, il fallait voir ! C'était un spectacle édifiant que de l'entendre prier, mais il faut dire aussi que la famille a toujours eu à cœur l'amour du Seigneur. »

Ce père se maria deux fois, d'abord avec une femme brune de la vieille souche des Ellwald, dont il eut Gilbert, qui résidait alors à Cauldstaneslap ; et puis avec la mère de Kirstie.

« C'était déjà un vieil homme quand il épousa ma mère, un rude vieillard avec une grosse voix, qu'on pouvait entendre gronder du haut de Kye-skairs, reprit-elle. Quant à elle, c'était, paraît-il, une vraie merveille. Elle était de bonne souche, Mr. Archie, car c'était la vôtre. Tout le pays avait le béguin de ses beaux cheveux d'or. Les miens ne peuvent même pas lui être comparés, et pourtant il y a peu de femmes qui en aient de plus fournis ni d'une plus belle couleur. Souvent je disais à ma petite Miss Jeannie – c'était votre mère, mon enfant, et elle avait bien de la peine avec ses cheveux, car elle les avait tout fins : "Écoutez, Miss Jeannie, que je lui disais, jetez-moi au feu toutes vos lotions et toutes vos pommades françaises, elles y seront à leur place, et allez plutôt vous laver les cheveux à la rivière, dans l'eau froide qui descend des collines, et puis faites-les sécher au vent frais de la lande, c'est ainsi que ma mère lavait les siens, et j'ai toujours fait comme elle, et voyez comme ça m'a réussi. Faites ce que je vous dis, ma chère, et vous m'en direz des nouvelles ! Vous aurez des cheveux abondants avec une tresse grosse comme mon bras, que je lui disais, clairs et dorés comme de belles guinées, à tel point que les garçons à l'église ne pourront en détacher leurs regards." Enfin, ça lui a fait son temps, car elle n'a pas fait de vieux os, la pauvrette ! J'ai coupé une boucle de ses cheveux quand son corps était déjà froid. Je vous la montrerai un de ces jours si vous êtes bien sage. Mais, comme je vous disais, ma mère... »

À la mort du père, il restait donc Kirstie aux cheveux d'or, qui entra au service de ses parents éloignés, les Rutherford, et Gilbert au teint brun, de vingt ans son aîné, qui hérita de la ferme de Cauldstaneslap, se maria et engendra quatre fils entre 1773 et 1784, et une fille, qui arriva comme un post-scriptum, en 1797, l'année de Camperdown et du cap Saint-Vincent. C'était presque une tradition dans la famille d'avoir comme dernier enfant – et bien à la traîne de ses autres frères et sœurs – une fille. En 1804, à l'âge de soixante ans, Gilbert fit une fin qu'on pourrait appeler héroïque. Il devait rentrer du marché entre huit heures du soir et cinq heures du matin, dans un état qui pouvait osciller entre l'humeur querelleuse et le silence buté, car il avait conservé jusqu'à cet âge avancé les nobles habitudes des fermiers écossais. On savait que cette fois-là il devait rapporter à la maison une somme d'argent assez rondelette ; la nouvelle s'en était ébruitée. L'imprudent fermier avait montré ses guinées, et si quelqu'un avait été là pour observer ce qui se passait il aurait vu un ramassis de vagabonds, la lie d'Édimbourg, quitter le marché bien avant la tombée de la nuit et s'engager sur la route d'Hermiston, où ils n'avaient manifestement rien de bon à faire. Ils prirent avec eux pour guide un certain Dickieson, un homme du pays, qui devait, ma foi, le payer cher ! Tout à coup, au gué de Broken-Dykes, ces canailles tombèrent à six sur le laird, qui était aux trois quarts endormi, pour avoir trop bu. Mais on n'attrape pas comme ça un Elliott. Il se débattit comme un beau diable, dans la nuit noire, le niveau de l'eau atteignant la sangle de son cheval, et il fallait le voir lancer des jurons et donner des coups de gourdin, tel un forgeron qui frappe sur son enclume. Il réussit ainsi à échapper à l'embuscade et à reprendre le chemin de la maison, avec une balle de pistolet dans le corps, trois coups de couteau, les dents de devant en moins, une côte de brisée, sa bride arrachée et son cheval plus mort que vif. C'était une course contre la mort que courait le laird ! La tête encore tourbillonnante, il enfonça ses éperons dans les flancs du cheval qui, encore plus mal en point que son cavalier, le pauvre, poussait des gémissements pareils à ceux d'un être humain, gémissements dont retentissaient les collines, si bien que les gens de Cauldstaneslap, en les entendant, se levèrent de table, et se regardèrent les uns les autres avec un visage blême. Le cheval s'écroula à l'entrée de la cour, le laird put faire encore quelques pas en direction de la maison, puis tomba sur le seuil. À son fils qui le soulevait, il tendit le sac contenant l'argent en disant : « Tiens ! »

Tout le long de la route il lui avait semblé que les voleurs étaient à ses trousses, mais maintenant que l'hallucination avait cessé, il les revoyait sur le lieu de l'embuscade, et une soif de vengeance s'empara de son esprit agonisant. S'étant levé, il désigna d'un doigt impérieux la nuit noire d'où il avait surgi, et proféra ce seul commandement : « Brocken Dykes », puis perdit connaissance. On ne l'avait jamais aimé, mais on l'avait toujours craint et respecté. À ce spectacle, à ce mot jailli d'une bouche sanglante et édentée, le vieil esprit des Elliott parla d'une même voix dans les quatre fils.

« Tête nue, continua Kirstie, ma narratrice, dont j'avais peine à suivre le récit inspiré, sans fusils, car il n'y avait pas deux grains de poudre dans la maison, sans autres armes que leurs bâtons, ils se lancèrent tous les quatre sur la route. Seul Hob, qui était l'aîné, se pencha sur le seuil de la porte tout rouge du sang de son père, s'en barbouilla la main qu'il tendit vers le ciel en proférant le vieux serment de la Frontière : "L'enfer retrouvera les siens cette nuit !" hurla-t-il, et il partit au galop. »

Il y avait trois milles jusqu'à Broken Dykes, au fond de la vallée, et la route était accidentée et dangereuse. Kirstie avait vu des hommes d'Édimbourg descendre de cheval en plein jour et faire le chemin à pied. Mais les quatre frères le parcoururent comme s'ils avaient le diable aux trousses et les portes du paradis grandes ouvertes devant eux. Arrivés au gué, ils trouvèrent Dickieson. Il respirait encore, appuyé sur son coude, et il leur cria de venir à son secours. Mais ses cris ne rencontrèrent que le visage impitoyable de Hob. Dès que celui-ci vit, à la lueur de sa lanterne, cette figure d'homme aux yeux et aux dents brillants, il s'écria :

« Tu as encore tes dents, chacal ! » Et il piétina le moribond avec son cheval.

Passé le gué, Dandie fut obligé de descendre de cheval pour les conduire à pied avec sa lanterne. C'était le plus jeune des frères, il avait à peine vingt ans à l'époque. Le reste de la nuit, ils errèrent parmi la bruyère et les genièvres humides de rosée, poursuivant, tels des chiens, les empreintes sanglantes des meurtriers de leur père, le nez collé au sol, sans piper mot, ni dire ni blanc ni noir. On n'entendait aucun bruit sauf le murmure de la rivière et le grincement des dents de Dand, le plus acharné de tous. Aux premières lueurs de l'aube, ils virent qu'ils se trouvaient sur la route où l'on conduisait les troupeaux, et alors ils s'arrêtèrent tous les quatre pour boire une gorgée d'eau-de-vie, car ils savaient que Dand devait les avoir bien guidés, et que les bandits ne devaient avoir que peu d'avance sur eux et se hâter vers Édimbourg par le chemin des collines du Pentland. À huit heures ils eurent de leurs nouvelles – un berger avait vu passer une heure plus tôt quatre hommes « drôlement arrangés » selon son expression.

« Ça en fait un pour chacun, dit Clem en brandissant son gourdin.

– Mais combien étaient-ils, cinq, six ? fit Hob. Par la mort Dieu, quel homme était le père ! Et dire qu'il était ivre ! »

Et alors il leur arriva ce que ma narratrice appela « une terrible déception », car ils furent rattrapés par une bande de voisins venus leur prêter secours. Et c'est la mine renfrognée que les quatre frères accueillirent ce renfort.

« Le diable les emporte ! » s'écria Clem, et depuis ce moment ils chevauchèrent, tête pendante, à l'arrière de la troupe.

Avant dix heures ils avaient rattrapé les ruffians et s'en étaient saisis, et à trois heures de l'après-midi, comme ils remontaient le Vennel avec leurs prisonniers, ils aperçurent un groupe de gens portant au milieu d'eux quelque chose qui dégoulinait.

« C'était le corps du sixième, poursuivit Kirstie, la tête écrasée comme une noisette, qui avait été emporté durant la nuit par le torrent d'Hermiston. Il avait cogné contre les rochers et roulé sur les bas-fonds, avant de basculer, cul par-dessus tête, à la cascade de Fa' so' Spango ; puis, au point du jour, la Tweed s'en était emparée et l'avait charrié comme le vent, car elle était très grosse alors, et elle s'en était amusée un long moment, le ballottant d'une rive à l'autre, puis l'envoyant valdinguer dans les sombres cascades situées sous le château, pour, le soir, échouer finalement sous le pont de Crossmichael. De sorte que, pour finir, le compte y était (car Dickieson avait été depuis longtemps ramené dans une charrette), et tout le monde put voir quelle sorte d'homme était mon frère pour avoir tenu tête à six lascars et rapporté l'argent, alors qu'il était ivre ! »

Ainsi périt de blessures honorables Gilbert Elliott de Cauldstaneslap qui par sa mort s'acquit un grand renom ; mais ses fils tirèrent presque autant de gloire de cette aventure. Leur hâte fiévreuse, l'habileté avec laquelle Dand avait trouvé et suivi la piste, la cruauté dont ils avaient fait preuve à l'égard de cette pauvre loque de Dickieson (car tout le pays en avait eu vent), et le sort qu'ils étaient censés réserver aux autres, tout cela ne pouvait manquer de frapper l'imagination populaire. Un siècle plus tôt, le dernier des ménestrels aurait peut-être choisi pour sujet de sa dernière ballade ce combat et cette poursuite homériques ; mais l'esprit des ballades était mort ou bien peut-être s'était-il déjà réincarné en la personne de Mr. Sheriff Scott, et les habitants dégénérés de la lande durent-ils se contenter de raconter l'histoire en prose, et de faire des « Quatre Frères Noirs » quelque chose comme l'équivalent des « Douze Apôtres » ou des « Trois Mousquetaires », toutes proportions gardées, naturellement.

Ces héros de ballades, Robert, Gilbert, Clement et Andrew, ou, plus exactement, Hob, Gib, Clem et Dand Elliott, comme on les appelait, avaient beaucoup de traits communs ; en particulier un sens très développé de la famille et de l'honneur familial ; toujours est-il qu'ils prirent des chemins différents dans la vie et rencontrèrent des fortunes diverses, soit qu'ils échouèrent, soit qu'ils réussirent. D'après Kirstie, ils avaient tous « une araignée dans le plafond », comme on dit vulgairement, tous, à l'exception de Hob. Hob le laird, lui, était un homme profondément honnête et pieux. Personne ne l'avait jamais entendu jurer depuis cette fameuse nuit où, avec ses frères, il avait pourchassé les assassins de son père, sauf peut-être deux ou trois fois lors de la tonte des moutons. Le personnage qu'il avait joué cette nuit-là disparut comme s'il avait été englouti dans une chausse-trape. Lui qui avait trempé ses mains avec délices dans le sang encore chaud du meurtrier de son père, lui qui avait piétiné avec son cheval Dickieson devint à partir de ce moment-là une espèce d'austère parangon de toutes les vertus rustiques, profitant fort habilement de la hausse du coût de la vie durant les années de guerre* pour se constituer un joli petit magot qu'il déposait année après année à la banque en prévision des jours mauvais ; recherché et parfois même consulté pour son solide et placide bon sens par de plus gros propriétaires que lui (quand on arrivait toutefois à le faire parler), et notamment par Mr. Torrance, le pasteur, qui le considérait un peu comme son bras droit dans la paroisse et comme le modèle des pères de famille. Nous avons tous en chacun de nous je ne sais quelle Barbe-Bleue, ou quelque vieil Adam, qui sommeille jusqu'à ce que des circonstances favorables viennent le réveiller ; et le désormais très sobre et très rangé Hob avait, semble-t-il, donné une fois pour toutes la mesure du démon qui l'habitait. Il était marié et adoré de sa femme en raison justement de la gloire que lui avait conférée cette nuit légendaire. Il avait une kyrielle de marmots, tous très vigoureux, qui se suivaient pieds nus, à la queue-leu-leu sur le chemin de l'école, se livrant à toutes sortes de crasses et autres actes de maraudage, qui leur avaient valu dans le pays le surnom de « petites pestes ». Mais à la maison, quand « papa était là », ils étaient sages comme des images. En bref, Hob traversait la vie la tête haute et le cœur serein, comme tout homme qui a une fois tué son semblable dans des circonstances à la fois épiques et héroïques, au milieu d'un pays tout ensemble bâillonné et emmailloté par la civilisation.

On disait fréquemment que les Elliott avaient du « bon et du mauvais comme les sandwiches », et, de fait, il y avait chez eux un curieux mélange, les hommes d'affaires alternant avec les rêveurs. Le deuxième frère, Gib, tisserand de son état, qui était parti de bonne heure à Édimbourg, était revenu à la maison après

* Il s'agit du blocus imposé par Napoléon à l'Angleterre.

s'être roussi les ailes à la ville. Il avait une nature exaltée qui l'avait amené à embrasser avec enthousiasme les principes de la Révolution française, et avait fini par le désigner à la vindicte de mylord Hermiston lors de sa furieuse attaque contre les libéraux, quand il envoya Muir et Palmer en exil et réduisit en poussière leur parti. On chuchotait que mylord, nonobstant son grand mépris pour le mouvement, s'était laissé aller à donner un conseil à Gib, compte tenu du fait qu'ils étaient voisins. Le recontrant un jour à Potterrow, mylord s'était arrêté devant lui :

« Espèce d'idiot ! lui avait-il dit. Qu'est-ce que j'entends dire de toi ? La politique, la politique, la politique, comme si c'était l'affaire d'un tisserand ! Si tu n'es pas encore complètement idiot, tu retourneras à Cauldstaneslap et tu reprendras ton métier de tisserand, mon ami ! »

Gilbert l'avait pris au mot et s'en était retourné précipitamment chez son père. Le plus clair de son héritage était ce don pour la prière dont s'était vanté Kirstie ; et le politicien désabusé tournait maintenant son attention vers les question religieuses, ou, comme d'autres le disaient, vers le schisme et l'hérésie. Chaque dimanche matin le trouvait à Crossmichael où il avait formé, un par un, une secte d'une douzaine de personnes qui s'intitulaient « Le Restant des vrais fidèles », ou plus brièvement « Le Restant de Dieu ». Pour les profanes, c'étaient « Les Diables de Gib ». Bailie Sweedie, un célèbre humoriste d'Édimbourg, prétendait que les séances s'ouvraient toujours sur l'air de *The Deil Fly Away with the Exciseman**, et que le sacrement y était dispensé sous les espèces d'un whisky chaud, allusion méchante à l'évangéliste qui avait été soupçonné de contrebande dans sa jeunesse, et qui s'était fait arrêter (selon la phrase consacrée) dans les rues de Crossmichael un jour de foire. Chaque dimanche ils priaient pour que Dieu bénisse les armes de Bonaparte. C'est pourquoi il leur était souvent arrivé de se faire attaquer à coups de pierres par les enfants du voisinage, au sortir du cottage qui leur servait d'église, et Gib s'était même fait huer par un escadron de volontaires de la frontière dans lequel figurait son propre frère, Dand, en uniforme et l'épée à la main. On les accusait également d'avoir des principes « antinomiens »**, accusation qui eût pu être très sérieuse, mais qui, vu l'état de l'opinion publique alors, fut étouffée dans le scandale concernant les sympathies bonapartistes du « Reste ». Par

* Littéralement : le diable s'envole avec le percepteur.

** Secte qui enseignait que la loi morale n'était pas obligatoire.

ailleurs, Gilbert avait installé son métier à tisser dans un hangar de Cauldstaneslap, où il travaillait assidûment six jours par semaine. Ses frères, horrifiés par ses opinions politiques, et désireux d'éviter les dissensions dans la famille, lui parlaient rarement, et lui leur parlait encore moins, absorbé qu'il était par l'étude de la Bible et par une prière presque continue. Le tisseur émacié de Cauldstaneslap était pour le reste comme une nurse avec les enfants, qui l'aimaient beaucoup. Sauf quand il portait un petit enfant dans les bras, on le voyait rarement sourire, mais il faut dire qu'on ne souriait guère dans cette famille. Quand sa belle-sœur lui disait en le taquinant qu'il devrait se marier et avoir des enfants à lui, puisqu'il les aimait tant, il répondait : « Je n'ai aucune lumière à ce sujet. » Si personne ne l'appelait pour dîner, il restait dehors. Mrs. Hob, une femme au cœur dur, tenta une fois l'expérience. Il resta sans manger toute la journée, mais le soir, comme la lumière commençait à baisser, il rentra de lui-même dans la maison.

« Un grand vent de prière a soufflé sur mon âme, dit-il d'un air gêné. Je ne me rappelle même pas ce que j'ai mangé à dîner. »

La foi du « Reste de Dieu » trouvait toute sa justification dans la vie de son fondateur.

« Et pourtant, disait Kirstie, il n'est pas pire que ses voisins. Il va avec les autres et il a du cœur à l'ouvrage, d'après ce qu'on dit. Le "Restant de Dieu" ! Dites plutôt les clabaudeurs du Diable ! Pour ma part, je ne vois guère de christianisme dans la manière dont Hob a expédié Johnny Dickieson, mais Dieu sait ! Est-il même chrétien ? Pour autant que je sache, il pourrait aussi bien être mahométan, ou adorateur du feu, ou pourquoi pas même un démon ! Je n'en serais pas autrement surprise. »

Le troisième frère avait son nom « Mr. Clement Elliott » gravé sur une plaque de cuivre, longue comme le bras, à la porte de sa maison de Glasgow. Dans son cas, cet esprit d'innovation, qui s'était manifesté timidement chez Hob par l'emploi de nouveaux engrais et qui s'étaht dévoyé chez Gilbert vers une politique subversive et une religion hérétique, avait porté des fruits utiles sous la forme de maintes ingénieuses améliorations d'ordre mécanique. Dans son enfance, le goût qu'il avait pour assembler des morceaux de bois et des bouts de ficelle l'avait fait regarder comme le plus excentrique de la famille. Mais cela était bien fini à présent. Il était désormais associé dans sa firme, et entendait bien mourir bailli. Lui aussi était marié, et il élevait une nombreuse famille dans la fumée et le vacarme de Glasgow ; riche, l'on disait tout bas que sa fortune était six fois supérieure à celle de son frère le laird. Et quand il arrivait à s'échapper à Cauldstaneslap pour des vacances bien méritées, ce qu'il faisait aussi souvent qu'il le pouvait, il étonnait les voisins par son linge fin, son chapeau de castor et les amples plis de sa cravate. Bien que de sens tout à fait rassis, à la manière de Hob, il avait acquis à Glasgow une certaine vivacité d'esprit et un aplomb de bon aloi. Alors que tous les autres Elliott étaient secs comme des fils de fer, Clement, avec l'âge, commençait à prendre de l'embonpoint, et on l'entendait souffler quand il mettait ses bottes. Dand disait en gloussant :

« Il est gras comme un moine, notre Clem. »

Et celui-ci de rétorquer :

« Disons comme un chanoine. »

Le quatrième frère, Dand, était berger, et un fort bon berger, de surcroît, quand il voulait s'en donner la peine. Dandie n'avait pas son pareil pour dresser un chien ; ni pour braver les grandes tempêtes d'hiver. Mais si son adresse était merveilleuse, sa diligence était sporadique ; il servait son frère pour le gîte et le couvert, ainsi qu'un peu d'argent de pnche quand il en demandait. Il aimait assez l'argent, savait fort bien le dépenser et était capable de faire de bonnes affaires quand ça lui chantait. Mais il préférait savoir qu'il avait le vent en poupe, plutôt que d'avoir de l'argent en poche ; il se sent'it ainsi plus riche. Hob lui disait : « Je ne suis qu'un berger amateur ». À quoi Dand répliquait : « Je garderai tes moutons quand j'en aurai envie, comme ça je garderai ma liberté. Il n'y a personne qui puisse m'apprécier à ma juste valeur. » Clem lui exposait alors le mécanisme miraculeux des intérêts composés, en lui recommandant certains placements.

« Dis donc, Dand, ne crois-tu pas que si j'avais l'argent de Hob je n'aimerais pas mieux le boire avec des filles ? De toute façon, mon royaume n'est pas de ce monde. Ou bien je suis un poète ou bien je ne suis rien du tout. »

Clem évoquait ensuite la vieillesse.

« Je mourrai jeune, comme Robbie Burns*, rétorquait-il.

Sans doute avait-il un certain talent pour écrire des ballades. Son « Ruisseau d'Hermiston », avec son joli refrain :

« J'aime aller rêvant là ou les autres vont en trébuchant,
Dans le lit du torrent,

* Robert Burns (1759-1796), auteur de ballades écrites dans le dialecte écossais dont Carlyle a esquissé la biographie dans un article célèbre de l'*Edinburgh Review*.

Dans le lit d'Hermiston. »

Ses vers sur les « Vieux Elliot d'autrefois, les Elliott froids comme le granit, hardis et durs », et cette merveilleuse petite pièce sur la Pierre du Tisserand en prière, lui avaient valu dans le voisinage la réputation, encore possible en ce temps-là, en Écosse, de barde local. Et quoique n'ayant encore jamais rien publié, il était reconnu par d'autres qui étaient célèbres ou qui le sont devenus depuis. Walter Scott doit à Dandie le texte du « Raid de Wearie » dans le *Ménestrel**. Il l'avait reçu chez lui et avait apprécié son talent avec sa générosité habituelle. Le berger Ettrick était son meilleur camarade ; ils se voyaient souvent, buvaient comme des trous, se récitaient leurs poèmes, se querellaient et se réconciliaient avant d'aller se coucher. Outre ces reconnaissances, de caractère plus ou moins officiel, Dandie, grâce à son talent, était fréquemment invité dans les fermes des vallées voisines, ce qui l'exposait à toutes sortes de tentations qu'il recherchait plutôt qu'il ne les évitait. Il avait même trôné sur le tabouret du repentir pour avoir un jour rempli à la lettre le rôle que la tradition prêtait à son modèle et à son héros. Ses vers humoristiques adressés à cette occasion à Mr. Torrance – « Je me tiens là tout seul, point de mire de... » –, malheureusement trop audacieux pour qu'on puisse en faire une citation plus longue, traversèrent le pays comme une traînée de poudre ; ils étaient cités, récités, paraphrasés, et l'on en riait d'un bout à l'autre du pays.

Ces quatre frères étaient en outre unis par un lien très étroit, le lien d'une admiration mutuelle – confinant presque au culte du héros –, si forte chez les membres d'une même famille vivant en vase clos et qui ont beaucoup de capacité et peu d'instruction. Même les plus dissemblables s'admiraient. Hob, qui s'y entendait autant en poésie qu'une paire de pincettes, avouait trouver du plaisir aux vers de Dand, et Clem, qui n'avait pas plus de religion que Claverhouse, était béat d'admiration devant les prières de Gib. Et Dandie suivait avec ravissement l'élévation de la fortune de Clem. L'indulgence, chez eux, talonnait toujours l'admiration. Le laird, Clem et Dand, tous trois tories** et ardents patriotes, fermaient les yeux sur les hérésies radicales et révolutionnaires de Gib. D'un autre côté, le laird, Clem et Gib, hommes d'une vertu sévère, considéraient les tentations auxquelles Dand succombait plus souvent qu'à son tour à la fois comme une épreuve à laquelle

* *The Ministrel of the Scottish Border.*

** Conservateur, en politique.

la mystérieuse Providence divine soumettait les bardes et comme une marque distinctive de leur génie. Pour se faire une idée de la simplicité de leur mutuelle admiration, il fallait entendre Clem, les fois où il venait en visite, traiter dans un esprit d'ironie continuelle les affaires et les personnages de cette grande ville de Glasgow où il vivait et où il faisait ses affaires. Les diverses personnalités, ecclésiastiques, officiers municipaux, grosses légumes du commerce, dont il avait l'occasion de parler, étaient tous pareillement dénigrés, tous servaient de repoussoirs destinés à mettre en valeur les membres de la maison de Cauldstaneslap. Le recteur, par exemple, pour lequel, exceptionnellement, Clem éprouvait un certain respect, il aimait à le comparer à Hob.

« Il me rappelle notre laird, disait-il. Il a quelque chose de la grandeur de Hob, et la même façon de fermer la bouche quand il n'est pas content. »

Et Hob, inconsciemment, abaissait sa lèvre inférieure afin de produire, comme pour illustrer l'allusion de son frère, la grimace en question. Le desservant de l'église de St Emoch, dont il avait lieu de se plaindre, était ainsi défini :

« S'il avait seulement l'ombre du talent de Gib, il ressusciterait les morts. »

Et Gib, en bon garçon qu'il était, baissait les yeux en souriant. Clem était comme un espion que ses frères avaient envoyé dans le monde des humains. Il était revenu de la ville en rapportant la bonne nouvelle qu'il n'y avait personne de comparable aux Quatre Frères Noirs ; aucune position qu'ils n'honoreraient, aucun fonctionnaire qu'ils ne remplaceraient avec avantage, aucun intérêt spirituel ou séculier qui ne fructifierait pas immédiatement entre leurs mains. Leur folie peut s'expliquer en deux mots : ils étaient à peine séparés de la simple paysannerie par l'épaisseur d'un cheveu. Mais il faut dire à leur décharge – ce qui d'ailleurs était une marque de leur solide bon sens – que ces symptômes de vanité rustique restaient confinés au cercle de famille, comme il s'agissait de quelque secrète coutume ancestrale. Dans le monde, leurs visages sérieux n'étaient jamais défigurés par un quelconque sourire d'amour-propre. Pourtant, personne n'était dupe. « Fiers comme Artaban ! » disait-on d'eux dans le pays.

Enfin, comme dans toute histoire de la frontière, ils avaient tous leurs surnoms. Hob était le Laird. « Roy ne puis, prince ne daigne » ; il était le laird de Cauldstaneslap en personne, soit une valeur d'une vingtaine d'hectares. Clem était Mr. Elliott, comme l'indiquait sa plaque, son ancien surnom de « Dafty » (Le Fol), qu'un public abusé lui avait attribué par erreur, ayant été abandonné comme n'étant plus de saison ; quant au plus jeune, ses perpétuelles pérégrinations lui avaient valu le sobriquet de Randy Dand (Dand le Rôdeur).

Il est bien clair qu'Archie ne tira pas tous ces renseignements de sa tante, qui elle-même était bien trop « Elliott » pour parler équitablement de sa parenté. Mais au bout d'un certain temps, Archie s'avisa d'une omission dans la chronique familiale.

« N'y a-t-il pas aussi une fille ? demanda-t-il.

– Oui, elle s'appelle Kirstie. On lui a donné mon nom, ou du moins celui de ma grand-mère, c'est pareil », répondit-elle, et elle se remit à parler de Dand, qui était son préféré en raison de ses galanteries.

« Mais comment est votre nièce ? glissa Archie à la première occasion.

– Elle ? Noire comme un corbeau ! Je ne veux pas dire par là qu'elle soit vilaine. Non, elle est même assez jolie dans le genre bohémienne », répliqua la tante, qui avait deux échelles de valeurs différentes pour juger les hommes et les femmes – peut-être serait-il plus juste encore de dire qu'elle en avait trois, et que la troisième et la plus chargée était pour les jeunes filles.

« Comment se fait-il que je ne la vois jamais à l'église ? demanda Archie.

– Je crois qu'elle est à Glasgow avec Clem et sa femme. Je me demande bien du reste ce qu'elle peut y faire ! Je ne dis pas ça pour les hommes, je comprends bien qu'ils dohvent partir et voir le monde, mais les femmes, c'est pas pareil. Là où elles sont nées, là elles doivent rester. Dieu soit loué, je n'ai jamais été plus loin que Crossmichael ! »

Cependant Archie commença de trouver étrange, tandis qu'elle chantait ainsi les louanges de sa propre famille, se réjouissant de leurs vertus et, j'oserai presque dire, également de leurs vices comme d'une chose honorable pour elle-même, de n'apercevoir aucune trace de cordialité entre la maison d'Hermiston et celle de Cauldstaneslap. Le dimanche, en allant à l'église, Kirstie marchait la jupe relevée de manière à laisser voir trois plis de son jupon blanc, et, si la journée était belle, les épaules couvertes d'un superbe châle de cachemire aux couleurs éclatantes, elle rattrapait parfois ses parents qui la précédaient d'un pas plus lent dans la même direction. Gib était, bien sûr, absent. À la pointe du jour, il était allé rejoindre ses frères hérétiques à Crossmichael ; mais le reste de la famille était là, marchant en rangs serrés : Hob et Dand, la nuque raide, le dos bien droit, le visage sévère, le plaid sur l'épaule ; la petite troupe des enfants, propres comme des sous neufs, éparpillés sur les côtés du chemin et rappelés de temps à autre par les cris perçants de la mère, laquelle était enveloppée (par une coïncidence propre à faire réfléchir un observateur plus expérimenté qu'Archie) d'un châle presque identique à celui de Kirstie, quoiqu'un rien plus chatoyant et visiblement plus neuf. À cette vue, Kirstie se redressait, montrait son profil grec, nez en l'air et narines dilatées, un sang pur affluait à ses joues, les teignant d'un rose délicat.

« Bonjour mistress Elliott, disait-elle sur un ton où l'amabilité et l'hostilité se mêlaient gentiment.

– Belle journée, en effet, répondait la femme du laird en pliant le genou et en déployant son plumage, autrement dit en mettant en valeur, avec un art inconnu du commun des hommes, le dessin de son châle. Derrière elle, tout Cauldstaneslap continuait de marcher en bon ordre, comme une armée qui serre les rangs en présence de l'ennemi. Et, tandis que Dandie saluait sa tante avec la familiarité d'un homme bien en cour, Hob, lui, poursuivait son chemin sans se départir de son impressionnante raideur. Une telle attitude chez ceux de Cauldstaneslap semblait être la conséquence de quelque terrible querelle. Sans doute les deux femmes avaient-elles été au début les principales protagonistes de cette brouille, et le laird avait été entraîné trop tard dans leur querelle pour être compris aujourd'hui dans leur apparente réconciliation.

« Kirstie, lui dit un jour Archie, qu'avez-vous donc contre votre famille ?

– Je ne m'en plains pas, répondit-elle en rougissant, je n'ai rien dit.

– Je le vois bien, vous ne dites même pas bonjour à votre propre neveu.

– Je n'ai rien à me reprocher, fit-elle. Je dis mes prières tous les jours. Et si Hob était malade ou en prison, ou s'il lui arrivait de tomber dans la pauvreté, j'irais le visiter avec joie. Mais ne comptez pas sur moi pour les courbettes et les gnangnans, non merci, très peu pour moi les ronds de jambe ! »

Archie eut un petit sourire : il se renversa sur sa chaise et dit :

« J'ai idée que vous ne vous entendez pas très bien avec Mrs. Robert, surtout quand vous portez toutes les deux vos châles. Est-ce que je me trompe ? » ajouta-t-il avec une lueur malicieuse dans les yeux.

Elle le regarda un long moment en silence avec une expression indéchiffrable ; et Archie n'en sut jamais plus sur la bataille des châles de cachemire.

« Aucun d'eux ne vient-il jamais vous voir ici ? s'enquit-il.

– Mr. Archie, lui dit-elle, j'espère que je sais me tenir. Vous ne voudriez tout de même pas que j'invite dans la maison de votre père cette engeance noiraude dont pas un, sauf moi, n'est digne de laver vos planchers. Non, ils ont tous été corrompus par le sang noir des Ellwald. Je ne supporte pas les gens noirs. »

Puis, s'avisant soudain de la carnation d'Archie :

« Ça a moins d'importance, bien sûr, pour les hommes, s'empressa-t-elle d'ajouter, mais pour les femmes, on ne peut pas dire que ça soit très beau. Comme je le dis toujours, une longue chevelure est le principal ornement d'une femme. C'est même écrit dans la Bible. Qui pourrait dire que l'Apôtre n'avait pas en tête quelque belle jeune fille aux cheveux d'or – l'Apôtre et les autres, car qu'est-ce qu'ils étaient tous sinon des hommes comme vous ? »

Chapitre VI

Une page arrachée au livre de prières de Christina

Archie se rendait régulièrement à l'église. Dimanche après dimanche, il s'asseyait au milieu du petit groupe des fidèles pour y entendre la voix de clarinette mal accordée de Mr. Torrance sauter d'un ton à l'autre, et trouvait occasion à méditer sur la robe mitée du pasteur et sur ses mitaines de filoselle noire qui se rejoignaient pour la prière et qu'il élevait pieusement et solennellement dans le geste de bénir. Le banc d'Hermiston consistait en une petite boîte carrée, minuscule comme l'église elle-même, et renfermant un siège à peine plus grand qu'un tabouret. Là trônait Archie, sinon tel un prince, du moins tel un gentleman, le seul riche héritier de la paroisse, occupant le seul banc fermé de l'église. De là il laissait tomber son regard sur ces solides hommes en plaid, accompagnés de femmes et de jeunes filles vigoureuses, d'enfants craintifs et de chiens de berger mal à l'aise, tout en s'étonnant de ne trouver parmi l'assistance aucun être auquel on eût pu appliquer l'épithète de « racé », à part les chiens, avec leurs fins museaux de renard et leur queue tire-bouchonnée. Ceux de Cauldstaneslap tranchaient à peine sur la médiocrité ambiante, à l'exception peut-être de Dandie, chez qui, tandis qu'il s'amusait à faire des vers pour tromper l'ennui engendré par l'interminable office, la vivacité du regard et la mobilité des traits annonçaient un certain air de distinction, distinction toute relative au demeurant, car même Dandie avait les allures lourdaudes d'un paysan. Le reste de l'assemblée, assez semblable à un troupeau de moutons, ne suscitait en lui qu'un sentiment accablant de routine, de travail physique accompli au grand air, de porridge à l'avoine, de pois chiches, de veillées somnolentes au coin du feu et de ronflements sonores dans les alcôves. Et pourtant, parmi eux, il savait qu'il se trouvait bon nombre de gais lurons, de malins, d'hommes de caractère, de femmes remarquables, capables de se faire respecter, et dont l'influence s'étendait bien au-delà de leurs humbles chaumières. Il savait par ailleurs que tous les hommes se ressemblent, et que c'est toujours le même cœur qui bat, sous quelque extérieur que ce soit. Il les avait entendus battre le tambourin sous l'influence de Bacchus, et festoyer, le grog à la main. Il savait aussi que les plus collet-montés parmi eux, les plus austères et les plus boutonnés d'entre les aînés, étaient capables des plus singulières cabrioles à l'appel de l'amour. Mais parmi tous ces hommes dont le voyage terrestre touchait à son terme, voyage semé pour la plupart d'embûches et de périls, parmi ces jeunes filles qui s'apprêtaient à l'entreprendre, frissonnant de crainte et de curiosité, parmi ces femmes qui avaient mis au monde et peut-être mis en terre des enfants, qui se souvenaient peut-être de l'étreinte de leurs petites mains mortes et du trottinement de leurs petits pieds maintenant silencieux, Archie s'étonnait que parmi tous ces visages il n'y en eût aucun d'expressif, aucun d'animé, aucun qui fût pénétré du rythme et de la poésie de la vie. « Ô, qui me montrera un visage vivant ! » implorait-il ; et tantôt il se souvenait de lady Flora*, et tantôt il étudiait d'un cœur navré la galerie de personnages exposés à sa vue, et voyait ses jours se consumer dans cet endroit triste et rustique, puis la mort venir le chercher, et sa tombe creusée sous les sorbiers, et il entendait l'esprit de la terre retentir d'un immense éclat de rire, pareil à un grondement de tonnerre, devant l'énormité de son fiasco.

Ce dimanche-là, il n'y avait plus de doute que le printemps était enfin venu. Il faisait bon, il y avait dans l'air un léger frisson qui rendait la chaleur d'autant plus agréable. Les fonds de la rivière scintillaient parmi des touffes de primevères, et les parfums de la terre remplissaient Archie d'une ivresse éthérée. La vallée grise et puritaine n'avait encore rejeté que par endroits sa livrée hivernale, mais sa beauté ne laissait déjà pas de le surprendre : une beauté profonde, essentielle, purement terrestre, qui n'apparaissait pas dans les détails, mais qui naissait de l'ensemble et qui lui sautait brusquement au visage. Il eut tout à coup envie d'écrire un poème – il lui arrivait parfois de griffonner à la hâte des octosyllabes, à la manière de Scott – et, s'étant assis sur un rocher, près d'une superbe cascade sous un arbre aux feuilles verdoyantes, il fut encore plus surpris de ne trouver rien à écrire. Son cœur battait peut-être au rythme intérieur du vaste univers. Lorsqu'il arriva au

* Héroïne de Walter Scott.

tournant de la vallée et qu'il aperçut l'église, il s'était tellement attardé en chemin que le premier psaume était terminé. La psalmodie nasillarde, pleine de trilles, de roulades et de grâces austères, semblait la voix même de l'église, entonnant une hymne d'actions de grâces. « Tout est vivant ! s'écria-t-il. Grâce à Dieu, tout est vivant ! » Il s'attarda encore un moment dans le cimetière. Une touffe de primevères fleurissait au pied d'une vieille pierre tombale toute noircie, et il s'arrêta pour méditer cet apologue inopiné. Ces fleurs jaillissaient de la terre froide avec toute l'acuité d'un contraste. Et il fut frappé par un sentiment d'inachèvement en toutes choses – dans la journée, dans la saison, dans la beauté qui l'entourait, dans la brise qui était dans l'air, dans les mottes de terre noire près des primevères épanouies, dans l'odeur de la terre humide qui se mêlait partout aux senteurs du printemps. À l'intérieur de l'église, la voix du vieux Torrance s'éleva de manière extatique. Et Archie se demanda si Torrance lui aussi sentait dans ses vieux os la sève joyeuse de cette matinée de printemps ; Torrance, ou plutôt l'ombre de ce qui avait été autrefois Torrance, et qui reposerait bientôt ici même, exposé au soleil et à la pluie, avec tous ses rhumatismes, tandis qu'un nouveau pasteur occuperait sa chambre et tonnerait du haut de sa chaire. Cette sombre perspective et quelque chose aussi du froid du tombeau glacèrent son âme, et il se hâta d'entrer.

Il remonta respectueusement le long des bas-côtés et prit place à son banc les yeux baissés, car il craignait d'avoir déjà offensé le bon vieillard qui parlait en chaire et ne voulait pas l'offenser davantage. Mais il n'arrivait pas à suivre les prières, ni même l'ordonnance de la cérémonie. La clarté de l'azur, les nuées de parfums, le gazouillis du torrent et le chant des oiseaux se levaient en lui comme des effluves émanant de quelques souvenirs primitifs, profondément enfouis, souvenirs qui ne lui appartenaient pas en propre, mais qui étaient pourtant inscrits dans la moelle même de ses os. Sa chair, elle, se souvenait, et il lui semblait que sa chair n'avait plus rien de matériel, mais qu'elle était éthérée et périssable comme un air de musique ; et il ressentait à son endroit une tendresse exquise, comme celle qu'il aurait eue pour un enfant innocent, rempli de nobles instincts et voué à une mort précoce. Et pour le vieux Torrance – vieux de tant de supplications et de si peu de jours – il éprouvait également une pitié qui allait presque jusqu'aux larmes. La prière s'acheva. Juste au-dessus de lui se trouvait une plaque gravée dans le mur, le seul ornement de cette chapelle – car ce n'était guère plus qu'une chapelle – commémorant, sinon les vertus, du moins l'existence d'un des premiers Rutherford d'Hermiston ; et Archie, assis sous ce témoin de sa longue généalogie et de sa grandeur locale, s'adossa sur son banc et laissa errer sur ses lèvres l'ombre d'un sourire à la fois triste et enjoué qui lui seyait étrangement.

Or c'est le moment que la sœur de Dandie, assise à côté de Clem, dans sa belle toilette de Glasgow, choisit pour observer le jeune laird. Avertie par la légère agitation qui avait marqué l'entrée du jeune homme, cette dernière, en jeune fille bien élevée qu'elle était, avait gardé les yeux pieusement baissés et le visage parfaitement composé durant la prière. N'allez pas croire, cher lecteur, que ce fût là de l'hypocrisie. Tant s'en fallait. C'était tout simplement une jeune fille à qui l'on avait appris à lever les yeux, et à les baisser, à paraître tantôt ignorante, et tantôt recueillie, bref à se montrer à son avantage en toutes circonstances. C'était là un art tout féminin qu'elle pratiquait à merveille. Archie était la seule personne intéressante de l'église ; c'était quelqu'un de nouveau, de jeune, réputé excentrique, un laird de surcroît, et que Christina n'avait encore jamais vu. Comment voulez-vous qu'elle n'eût pas la tête chamboulée par toutes ces grandeurs, tandis qu'elle conservait aux yeux de tous son attitude si délicatement recueillie ? S'il venait à jeter un regard dans sa direction, il comprendrait aussitôt qu'elle était une jeune fille bien élevée qui avait été à Glasgow. En bonne logique, il devrait admirer sa toilette, et peut-être même la trouverait-il jolie ? À cette pensée son cœur se mit à battre très légèrement ; aussi, pour le rappeler à l'ordre, s'amusa-t-elle à faire défiler devant elle une série de portraits fantaisistes du jeune homme qui maintenant devrait normalement être en train de la regarder. Elle attacha ses yeux sur le plus laid de tous, un jeune homme courtaud et rougeaud, à la figure ronde comme une assiette, à qui elle pouvait se permettre de sourire ; mais, malgré son petit manège, l'idée qu'Archie la regardait (alors qu'en réalité il regardait Torrance et ses mitaines) la tint en émoi jusqu'au mot Amen. Et même à ce moment-là, elle était encore trop bien élevée pour chercher à satisfaire aussitôt sa curiosité. Elle se rassit languissamment – comme elle l'avait vu faire aux belles dames de Glasgow –, arrangea sa robe, retoucha son bouquet de primevères, regarda d'abord devant elle, puis derrière, et enfin permit à ses yeux de se tourner doucement vers le banc d'Hermiston, où ils restèrent attachés un moment. Puis elle les en détacha comme à regret, tel un oiseau apprivoisé qui aurait médité de s'enfuir. Toutes sortes de possibilités l'assaillirent alors. Elle contempla l'avenir et eut le vertige. L'image de ce jeune homme, mince, élégant, brun, au sourire indéfinissable, l'attirait et la repoussait comme un gouffre. « Aurais-je rencontré mon destin ? » se dit-elle, et son cœur se gonflait.

Torrance était déjà bien avancé dans son exorde, étayant sa démonstration à grand renfort de textes, laquelle touchait à un point de théologie délicat, quand Archie laissa errer ses regards sur l'assemblée. Ils tombèrent d'abord sur Clem, dont l'attitude insupportablement condescendante à l'égard de Torrance, comme de quelqu'un qui est habitué à entendre de meilleurs sermons à Glasgow, l'indisposa tout de suite à son endroit. Bien qu'il ne l'eût jamais vu auparavant, Archie n'eut aucune peine à l'identifier, et, sans hésiter, il le jugea comme le plus vulgaire et le plus méchant de la famille. Clem était mollement incliné en avant quand Archie l'aperçut. Au bout d'un moment, il se renversa tout aussi mollement en arrière ; et c'est alors qu'il vit tout à coup cet instrument mortel, le profil de la jeune fille. Bien qu'elle ne fût pas tout à fait habillée à la dernière mode (comme si cela avait la moindre importance !), elle devait à certaine adroite couturière de Glasgow et à son propre bon goût de paraître à son plus grand avantage. Cette toilette était en réalité une cause de jalousie et presque de scandale pour la petite communauté des fidèles. Mrs. Hob ne lui avait du reste pas caché sa façon de penser.

« Une jaquette qui ne ferme pas, on n'a jamais vu une chose pareille ! À quoi bon une jaquette qui ne se boutonne pas s'il se met à pleuvoir ? En tout cas, moi je ne trouve pas ça de bon goût ! »

Clem, dont la bourse avait métamorphosé sa sœur et qui semblait très content du résultat, prit sa défense en disant :

« Comment pouvez-vous parler de bon goût quand vous n'avez jamais été en ville ? »

Et Hob, qui regardait la jeune fille en souriant, tandis qu'elle faisait timidement admirer sa toilette au milieu de la cuisine toute sombre, conclut ainsi la dispute :

« La petite est très bien comme ça, et d'abord le temps n'est pas à la pluie. Tu peux la porter, aujourd'hui, fillette, mais il ne faut pas que cela devienne une habitude. »

Dans les poitrines de ses rivales, qui arrivaient à l'église très fières de leurs dessous blancs, et la figure toute brillante d'un bon savonnage, la vue de cette toilette avait soulevé une tempête d'émotions variées allant de la simple admiration exprimée par un « Oh ! » prolongé, jusqu'à l'irritation se traduisant par un : « Non, mais pour qui se prend-elle ? » Sa robe de mousseline jaconas décolletée, couleur paille, descendait à la hauteur des chevilles de manière à laisser voir ses demi-brodequins violets Regency, dont les cordons se croisaient sur des bas jaune paille. D'après la jolie mode que nos grand-mères n'hésitaient pas à suivre et dont s'armaient nos grand-tantes pour aller à la chasse et à la conquête de nos grands-oncles, la robe, tendue de façon à mouler le contour des seins, était maintenue dans le creux de la gorge par une broche ornée d'une cairngor*. C'est à cet endroit même que, niché dans une position éminemment enviable, tremblait le bouquet de primevères. La jeune fille portait en outre sur les épaules, ou plutôt sur le dos, car il atteignait à peine les épaules, un mantelet en soie retenu par des rubans de Margate, de la même couleur que ses brodequins violets. Sa figure était encadrée d'un fouillis de boucles brunes, et une petite guirlande de roses jaunes ornait son front, que couronnait un chapeau de paille villageois. Parmi tous les visages rouges et hâlés qui l'entouraient à l'église, elle brillait comme une fleur épanouie, elle et sa toilette, avec la topaze qui reflétait la lumière pour la renvoyer en étincelles de feu, et les fils de bronze et d'or qui se jouaient dans ses cheveux.

Archie fut attiré comme un enfant par tout cet éclat. Il regarda plusieurs fois la jeune fille et leurs regards se croisèrent. Les lèvres de Kirstie se retroussèrent, découvrant ses petites dents. Il vit le sang affluer à ses joues sous son teint coloré. Son œil, grand comme celui d'une biche, frappa sa prunelle. Il devina qui elle devait être – Kirstie, un diminutif bien rude pour elle, la nièce de sa gouvernante, la sœur de Gib, le prophète paysan, – et il trouva en elle la réponse à ses désirs.

Christina sentit le choc de leurs regards, et il lui sembla qu'elle s'élevait, toute environnée de sourires, dans un monde de rêves et de féerie. Mais son plaisir fut aussi bref qu'exquis. Elle détourna brusquement la tête, puis s'en voulut presque aussitôt de cette brusquerie. Elle s'aperçut trop tard de ce qu'elle aurait dû faire – se retourner lentement, le nez en l'air. Pendant ce temps, son regard à lui continuait de la viser comme une batterie de canon, tantôt semblant l'isoler avec lui, tantôt semblant l'élever comme sur un pilori devant toute l'assemblée. Et Archie continuait à la boire des yeux, tel un voyageur qui, ayant découvert une source au sommet d'une montagne, se baisse pour y étancher sa soif. Au creux de ses petits seins, l'œil de feu de la topaze et les pâles fleurettes de la primevère ne laissaient pas de le fasciner. Il voyait sa

* Topaze.

gorge se soulever et faire trembler les fleurs, en se demandant ce qui pouvait tant troubler la jeune fille. Christina était consciente de ce regard, consciente de changer de couleur, consciente de sa respiration inégale. Telle une créature traquée, chassée, pourchassée, elle cherchait tant bien que mal à se donner une contenance. Elle saisit son mouchoir – un ravissant mouchoir, ma foi – qu'elle remit aussitôt à sa place, comme prise de panique : « S'il allait s'imaginer que j'ai trop chaud ! » Puis elle mit son nez dans son livre de psaumes et se souvint que c'était le sermon. Enfin, elle prit un bonbon et s'en repentit aussitôt. Ce n'était pas une chose à faire ! Mr. Archie ne sucerait jamais de bonbons dans une église ! Alors, avec un visible effort, elle l'avala tout entier, et son visage s'empourpra comme une pivoine. Devant un désarroi aussi évident, Archie prit conscience de s'être mal conduit. Qu'avait-il fait, en réalité ? Il s'était montré horriblement grossier à l'église envers la nièce de sa gouvernante ; il avait dévisagé comme un laquais et un libertin une belle et modeste jeune fille. Il se pouvait, il était même probable, qu'il lui serait présenté après le service dans la cour de l'église, et de quoi alors aurait-il l'air ? Non, il n'avait aucune excuse. Il avait pourtant remarqué les signes de sa confusion, de son indignation croissante, et, sot qu'il était, il n'avait pas voulu les comprendre ! Le sentiment de sa honte l'accabla et il tourna résolument son regard vers Mr. Torrance, qui se doutait peu, en brave et digne homme qu'il était, tandis qu'il continuait d'exposer la justification par la foi, comme c'était son devoir, du rôle qu'il était amené à jouer : servir de dérivatif à deux enfants qui jouaient au jeu très ancien de l'amour.

Christina éprouva d'abord un grand soulagement. Elle eut l'impression de se retrouver habillée. Puis elle réfléchit à ce qui venait de se passer et se dit que tout aurait bien été si seulement elle n'avait pas rougi. Petite sotte ! On ne rougit pas parce qu'on a pris un bonbon ! Mrs. MacTaggart, l'épouse du doyen de St Enoch, en prenait bien, elle ! Et d'abord, il était tout naturel qu'un jeune monsieur l'eût regardée. N'était-elle pas la jeune fille la mieux habillée de l'assistance ? Et en même temps elle se rendait bien compte qu'il n'y avait rien eu de fortuit ni de banal dans un tel regard, que d'ailleurs elle commençait de chérir comme le plus tendre de ses souvenirs. Enfin, heureusement qu'il avait trouvé autre chose à regarder ! Et peu à peu, elle aussi elle se mit à penser à d'autres choses. Il était important, se disait-elle, de savoir mieux se tenir, au cas où l'incident se reproduirait. Ce serait un geste de politesse, destiné en quelque sorte à amoindrir la signification de ce qui venait de se passer entre eux, de croiser une seconde fois son regard et cette fois sans rougir. Et au souvenir de sa rougeur, elle rougit à nouveau et se sentit pour le coup rougir des pieds à la tête. Jamais jeune fille avait-elle fait quelque chose d'aussi inconvenant ? Et la voilà qui se donnait en spectacle devant toute l'assemblée, et pourquoi je vous le demande, pour rien. Elle jeta un regard furtif sur ses voisins : Clem s'était endormi, et les autres semblaient parfaitement indifférents. Pourtant, elle se disait – et cette idée ne la lâchait décidément plus – qu'il était plus prudent de le regarder encore une fois avant la fin du service. Archie, de son côté, se tenait à peu près le même discours, tandis qu'il cherchait à déposer le fardeau de son repentir. Il arriva donc qu'au milieu de l'effervescence qui s'empara des fidèles au moment de la lecture du dernier psaume, pendant que Torrance lisait le dernier verset et que les feuilles de tous les livres de prières se froissaient sous les doigts fébriles des paroissiens, deux regards furtifs jaillirent des bancs, telles des antennes, et, par-dessus les voisins indifférents ou absorbés, se rapprochèrent timidement de la ligne droite qui allait d'Archie à Christina. Ils se rencontrèrent, s'attardèrent ensemble une fraction de seconde, et ce fut assez. Christina fut traversée comme par une décharge électrique, et la feuille de son livre de prières se déchira.

Archie se trouvait devant l'entrée du cimetière, conversant avec Hob et avec le pasteur, serrant la main à tel ou tel membre de l'assemblée, quand Clem et Christina s'approchèrent pour lui être présentés. Archie enleva son chapeau et s'inclina devant la jeune fille avec grâce et respect. Christina lui fit sa plus belle révérence et reprit la route d'Hermiston et de Cauldstaneslap ; elle marchait vite, en soufflant légèrement, le teint coloré, et se trouvait dans cette étrange disposition d'esprit qui fait que lorsque vous êtes seul, vous goûtez un bonheur sans mélange, mais que, quand on vous adresse la parole, vous ressentez comme une contrariété. Elle fit un bout du chemin en compagnie de quelques jeunes voisines et d'un jeune campagnard qui ne lui avaient jamais semblé aussi insipides et à qui elle ne s'était encore jamais montrée aussi désagréable. Mais ceux-ci se dispersèrent bientôt, soit pour se rendre à leurs destinations respectives, soit que, marchant plus vite qu'eux, elle les eût rapidement dépassés ; et quand elle eut écarté par quelques paroles vives l'escorte que lui offraient certains de ses neveux et nièces, elle se trouva libre de monter seul le raidillon d'Hermiston, marchant comme sur un nuage, mais un nuage de bonheur. Près du sommet, elle entendit des pas derrière elle, des pas d'homme, rapides et légers. Elle les reconnut tout de suite et accéléra le pas. « Si c'est moi qu'il cherche, il peut bien courir », pensait-elle en souriant.

Archie la rattrapa comme un homme qui a pris sa décision.

« Miss Kirstie, commença-t-il.

– Miss Christina, s'il vous plaît, Mr. Weir, dit-elle. Je n'aime pas cette abréviation.

– Vous oubliez que le son m'en est familier. Votre tante est une vieille et excellente amie à moi. J'espère que nous nous verrons souvent à Hermiston ?

– Ma tante et ma belle-sœur ne s'entendent pas très bien. Ce n'est pas que cela me regarde en quoi que ce soit, mais comme je demeure chez ma belle-sœur, on ne trouverait pas bon que j'aille visiter ma tante.

– J'en suis désolé, dit Archie.

– Je vous remercie bien, Mr. Weir, dit-elle. Je trouve moi aussi que c'est grand dommage.

– Je suis sûr que votre présence apportera la paix ! s'écria-t-il.

– J'en suis moins sûre que vous, dit-elle. J'ai mes mauvais jours, moi aussi, comme tout le monde, je suppose.

– Savez-vous que dans notre vieille église, au milieu de toutes ces braves dames en gris, vous faisiez l'effet d'un rayon de soleil.

– Vous voulez parler sans doute de ma toilette de Glasgow ?

– Je ne pensais pas être aussi sensible aux jolies toilettes ! »

Elle sourit, et, le regardant à demi, elle dit :

« Vous n'êtes pas le seul, mais, voyez-vous, je ne suis qu'une petite Cendrillon. Je devrai bientôt remettre toutes ces affaires dans ma malle. Dimanche prochain, je serai aussi grise que les autres. Cette robe vient de Glasgow, voyez-vous, et je ne voudrais pas la porter tous les jours. Elle est terriblement voyante. »

Ils étaient arrivés à l'endroit où leurs chemins se séparaient. La vieille lande grise où paissaient quelques moutons les environnait de toutes parts ; ils pouvaient voir d'un côté une caravane éparpillée gravir en face d'eux le raidillon qui menait à Cauldstaneslap, et de l'autre le contingent d'Hermiston qui s'était détaché et qui commençait à entrer dans le parc par petits groupes. C'est dans ces circonstances qu'ils se tournèrent l'un vers l'autre pour se dire adieu, en échangeant un regard, tandis qu'ils se serraient la main. Tout s'était gentiment passé, et, comme Christina grimpait la première partie du raidillon menant à Cauldstaneslap, un agréable sentiment de triomphe effaçait dans son esprit le souvenir des petites bévues qu'elle venait de commettre. Elle avait soulevé sa robe comme d'habitude pour franchir ce passage escarpé, mais quand elle s'aperçut qu'Archie ne la quittait pas des yeux, elle la laissa retomber comme par enchantement. Voilà bien des raffinements, eût-on pu penser, pour une paroisse montagneuse où les matrones marchaient les jupes relevées sous la pluie, et où les jeunes filles se rendaient pieds nus à l'église à travers la poussière de l'été, et descendaient bravement au bord de la rivière, où, assises sur des pierres, elles faisaient leur toilette en public avant d'entrer ! C'était peut-être de la part de Christina un reste du bel air de Glasgow, à moins que ce ne fût une marque presque inconsciente de vanité satisfaite. Il la suivait du regard ! Elle poussa un soupir de pur plaisir et se mit à courir. Quand elle eut rejoint les traînards de sa famille, elle rattrapa ensuite la nièce, qu'elle venait tout juste d'envoyer promener, l'embrassa en lui tapotant la joue, la renvoya de nouveau, puis lui courut après en poussant de petits gloussements de rire. Peut-être pensait-elle que le laird la regardait encore ! Mais le hasard voulut que des spectateurs moins bien disposés à son égard fussent témoins de cette scène, car elle venait de rejoindre Mrs. Hob accompagnée de Clem et de Dand.

« Ma parole, tu as perdu la tête, fillette ! observa Dandie.

– Tu nous fais honte ! dit la voix stridente de Mrs. Hob. Est-ce une manière de marcher quand on revient de l'église ? Je ne sais pas ce que tu as aujourd'hui ! À ta place, je prendrais mieux soin de mes beaux habits.

– Oh, là, là ! » s'écria Christina qui passa devant eux, la tête haute, en foulant le sentier caillouteux du pas léger d'une biche.

Elle était amoureuse, d'elle-même, de sa destinée, de l'air des collines, du soleil qui l'éclairait. Elle continua sa course jusqu'à la maison dans une espèce d'ivresse éthérée. À table, elle se permit de parler librement du jeune Hermiston, et de dire ce qu'elle en pensait d'un air dégagé et d'une voix assurée, trouvant que c'était un beau jeune homme, à la fois distingué et raisonnable, mais que c'était dommage qu'il eût l'air si mélancolique. Or juste après avoir dit ça, elle se souvint de son regard à l'église et rougit légèrement. Mais à part cette petite distraction, elle mangea de bon appétit, et entretint la gaieté autour de la table jusqu'à ce que Gib (qui était rentré avant eux de Crossmichael où il était allé faire ses dévotions particulières) leur reprochât à tous leur légèreté.

Le cœur encore toute agité d'une heureuse confusion, elle se leva en fredonnant et gagna quatre à quatre la petite chambre qu'elle occupait au grenier, éclairée par quatre carreaux de vitre, et où elle dormait avec une de ses nièces. Laquelle nièce, qui avait suivi sa tante, au vu de sa bonne humeur, fut chassée de la chambre sans autre cérémonie et s'en alla toute larmoyante enterrer ses chagrins dans la grange. Christina, toujours fredonnante, quitta ses beaux habits, et rangea tous ses trésors l'un après l'autre dans sa grande malle verte. Le dernier de tous fut son livre de prières. C'était un très joli présent de Mrs. Clem, avec ses caractères bien distincts et son air d'autrefois, son papier qui avait commencé à jaunir dans la boutique et non à la suite d'un long usage, et qu'elle avait l'habitude d'envelopper dans un mouchoir chaque dimanche après le service et de l'enfouir verticalement parmi ses autres effets. Comme elle le prenait dans sa main, le livre s'ouvrit à la page déchirée, et elle resta un moment à méditer sur son trouble passé. Alors elle se remémora la vision de deux yeux marron, profonds et brillants, qui la regardaient dans un coin sombre de l'église. L'aspect du jeune homme, son attitude, son sourire, et ce qu'il laissait deviner, tout lui revint à l'esprit à la vue de cette page déchirée. « Je devais avoir perdu la tête », se dit-elle en faisant écho aux paroles de Dandie, et aussitôt sa bonne humeur la quitta.

Elle se jeta sur son lit et y resta étendue des heures, en serrant le livre de prières dans sa main, plongée dans une espèce de stupeur faite de plaisir inavoué et de crainte irraisonnée. Sa crainte était de nature superstitieuse ; les paroles funestes de Dandie lui revenaient constamment à l'esprit, commentées et comme renforcées par des centaines d'histoires toutes plus sinistres les unes que les autres puisées chez leurs plus proches voisins. Quant à son plaisir, il était à peine conscient. C'était comme si sa chair s'en souvenait et en tressaillait encore, alors que son moi conscient babillait fiévreusement de choses et d'autres, comme une personne impressionnable au spectacle d'un incendie. L'image sur laquelle elle s'attardait avec le plus de complaisance était celle de Miss Christina dans le rôle de la Jolie Fille de Cauldstaneslap, charmant tous les cœurs avec sa robe de couleur paille, sa mante violette et ses bas jaunes ajourés. L'image d'Archie, au contraire, n'était jamais très bien accueillie chaque fois qu'elle se présentait à elle, encore moins recherchée, et faisait parfois même l'objet d'une critique impitoyable. Dans les longs et vagues dialogues qu'elle avait soit avec elle-même, soit avec des personnages absents, qu'elle faisait parler à son gré, Archie, s'il était question de lui, était le plus souvent rudement malmené. On le décrivait comme « ressemblant à une cigogne », « ayant l'air d'un spectre » ou « le regard d'un veau ». « Qu'est-ce que c'est que ces manières ? » disait-elle ; ou encore : « Oh, j'ai eu vite fait de le remettre à sa place. » « *Miss*

Christina, s'il vous plaît, Mr. Weir! lui ai-je dit, et j'ai aussitôt relevé la queue de ma jupe. » Elle pouvait s'entretenir ainsi avec elle-même pendant de longues heures, puis, lorsque son regard tombait sur la page déchirée, les yeux d'Archie lui apparaissaient à nouveau dans l'ombre du mur, son babil s'arrêtait, et elle restait là immobile et comme hébétée, en ne pensant à plus rien de précis ni de chéri, et poussant de temps à autre un soupir. Si un médecin était entré à ce moment-là dans sa mansarde, il aurait immédiatement diagnostiqué un accès de bouderie chez une jeune fille en parfaite santé et douée d'une grande vivacité d'esprit ; et non pas une de ces maladies mortelles de l'âme qui peuvent conduire celui qui en est la victime au désespoir et à la mort. S'il avait été docteur en psychologie, on aurait pu lui pardonner d'avoir décelé chez la jeune fille une crise de vanité enfantine, voire d'amour-propre porté à son paroxysme, et rien de plus. Il est bien entendu que je tente de décrire ici le chaos et de dépeindre l'inexprimable. Les traits employés sont trop précis, les mots trop forts ou trop gros. Imaginez plutôt un poteau indicateur dans la montagne un jour de brouillard. Je n'ai fait que recopier les noms qui apparaissent sur l'écriteau, ceux de cités lointaines qu'éclaire peut-être à présent le soleil. Ainsi Christina resta-t-elle immobile pendant des heures près du poteau, environnée de mouvantes guirlandes de nuages qui lui masquaient la vue.

La journée était déjà bien avancée lorsque la jeune fille se redressa tout à coup, enveloppa dans son mouchoir et mit de côté le livre de prières qui avait joué un rôle si important dans le premier chapitre de son histoire d'amour. Ne dit-on pas aujourd'hui que la tête brillante d'un clou peut remplacer l'œil d'un hypnotiseur pour peu qu'on la regarde fixement. Ainsi cette page déchirée avait-elle rivé l'attention de Christina sur ce qui autrement eût pu être un événement anodin qu'on a vite fait d'oublier ; tandis que les paroles sinistres de Dandie, entendues plutôt qu'écoutées, mais qui néanmoins s'étaient gravées dans sa mémoire, avaient prêté à ses pensées, ou plus précisément à son humeur, un caractère solennel où entrait l'idée d'un destin païen, obscur, auguste et arbitraire agissant hors du contrôle de toute divinité chrétienne et mêlé inexorablement aux affaires des hommes. Ainsi même ce phénomène du coup de foudre, qui est si rare, qui paraît si simple et qui est aussi violent qu'une déchirure dans le tissu vital, peut-il être décomposé en une suite d'événements qui tous concourent au même but.

Christina mit une robe grise et jeta un fichu rose sur ses épaules, se regarda un moment avec approbation dans le petit carré de verre qui lui tenait lieu de miroir, descendit doucement l'escalier et traversa la maison toute bruissante des ronflements de l'après-midi. Devant la porte, Dandie était assis un livre à la main. Mais ne croyez pas, cher lecteur, que Dandie se fût livré à une occupation aussi profane que la lecture d'un livre le dimanche, fût-ce un livre saint, non c'était plutôt une manière de faire le vide dans son esprit afin d'honorer le jour du Seigneur. Christina s'approcha de lui.

« Je vais me promener dans la lande, Dandie », lui dit-elle.

Il y avait dans la voix de la jeune fille une douceur inusitée qui fit dresser l'oreille à Dandie. Christina était pâle, les yeux noirs et brillants ; il ne lui restait aucune trace de sa légèreté du matin.

« Eh bien, fillette, qu'y a-t-il ? On dirait que tu as des hauts et des bas tout comme moi, observa-t-il.

– Pourquoi dis-tu ça ? demanda-t-elle.

– Oh, pour rien, fit Dand. Il me semble simplement que tu me ressembles plus que les autres. Tu as le tempérament poétique, même si tu n'as aucun talent pour la poésie. Ce n'est pas un don très enviable, tu sais. Regarde-toi. À dîner, tu riais comme un rayon de soleil, et maintenant tu es comme l'étoile du soir audessus d'un lac. »

Elle aspira à grands traits ce banal compliment, qui, tel un vin capiteux, lui réchauffa le sang.

« Comme je te le disais, Dand, dit-elle en se rapprochant de lui, je vais dans la lande. J'ai besoin de respirer. Si Clem me demande, tâche de le rassurer, veux-tu ?

– Comment faire ? Je ne connais qu'un moyen, c'est de mentir. Si tu veux, je lui dirai que tu as la migraine.

– Mais ce n'est pas vrai.

– Je le sais bien, mais ça ne fait rien, je le lui dirai quand même, et si tu dis le contraire en rentrant, ça n'aura pas beaucoup d'importance, car de toute façon ma réputation commence à être bien établie.

– Oh ! Dand, serais-tu un menteur ?

– C'est ce que les gens disent, répondit le barde.

– Quelles gens ?

– Ceux qui me connaissent le mieux, les filles, par exemple.

– Mais Dand, à moi, tu ne me mentirais jamais, n'est-ce pas ?

– Ce sera à toi d'en juger, ma petite bohémienne. Tu me mentiras bien assez quand tu auras un galant. Tu verras, Miss Kirstie, quand tu auras un amoureux, ce sera pour le bien et pour le mal. Je le sais bien. Moi aussi je suis comme ça. Allez, va te promener et laisse-moi tranquille. C'est mon heure d'inspiration, tu ne vois pas que tu me déranges, petite chipie ! »

Mais elle répugnait à le quitter, sans trop savoir pourquoi.

« Tu ne veux pas m'embrasser, Dand ? dit-elle. Je t'aime bien, tu sais. »

Il l'embrassa et la considéra un moment. Il lui trouvait effectivement un air étrange. Mais c'était un parfait libertin, qui nourrissait à l'égard du sexe autant de mépris que de défiance ; le régalant d'habitude de vains compliments qui ne lui coûtaient que la peine de les dire.

« Allez, oust, débarrasse-moi le plancher, tu es une belle petite, ça doit te suffire. »

Voilà quelle était la manière de Dand : un bécot et un bonbon à Jenny, une babiole et un compliment à Jill, et bonsoir les filles ! Quand les choses devenaient sérieuses, alors là c'était l'affaire des hommes. Les femmes, quand elles avaient cessé de l'absorber, redevenaient pour lui comme des enfants, qu'on chasse d'un mot gentil. Mais en bon connaisseur qu'il était, il regarda d'un œil intéressé sa sœur tandis qu'elle traversait le pré. « Un joli petit brin de fille, ma foi ! » se dit-il avec surprise, car malgré les compliments qu'il venait de lui adresser, il ne l'avait pas vraiment regardée. « Mais qu'est-ce que je vois là ? » se dit-il soudainement. Car la robe grise qu'elle portait ce jour-là était une robe courte, à manches courtes, découvrant de fines jambes robustes gainées de bas roses de la même teinte que son foulard, qui ondulait au vent. Ce n'était pas sa façon habituelle de s'habiller. Il connaissait bien ses habitudes, de même que celles de toutes les femmes à la ronde. Pour cela, il n'avait pas son pareil. Quand celles-ci n'allaient pas nu-pieds, elles portaient de gros bas de laine bleu foncé, presque noirs. Tout ce déploiement d'élégance lui mit la puce à l'oreille. Si le foulard était en soie, les bas devaient l'être également. En fait, toute cette toilette était un présent de Clem, un présent coûteux, dont on prenait grand soin et qu'on n'aurait jamais eu l'idée de porter à travers marais et broussailles par une fin d'après-midi de dimanche. « Ou bien la gamine a perdu la boule, ou bien il y a anguille sous roche », sifflota-t-il entre ses dents, puis il chassa cette pensée de son esprit.

Christina s'éloigna lentement d'abord, puis de plus en plus vite, en direction du petit col de Cauldstaneslap, auquel la ferme devait son nom. Le Slap s'ouvrait comme une porte entre deux mamelons ; et c'est là que passait le raccourci pour Hermiston. Sur l'autre versant, il descendait abruptement jusqu'au Creux des Sorcières, sorte de creux marécageux, rempli de sources, de genévriers rampants et de mares où croupissait une eau stagnante, noire comme de la tourbe. Il n'y avait aucune vue depuis là. Un homme aurait pu s'asseoir sur la pierre du Tisserand en prière et y rester un demi-siècle, sans y voir d'autres visages que ceux des enfants de Cauldstaneslap deux fois par jour, en allant et en revenant de l'école, un éventuel berger, l'irruption d'un troupeau de moutons, ou encore les oiseaux qui s'abreuvaient aux sources en poussant de petits cris aigus. Une fois le col franchi, Kirstie se trouva dans un isolement total. Elle jeta un dernier coup d'œil à la ferme. Celle-ci aurait été complètement déserte s'il n'y avait pas eu Dandie, qui écrivait maintenant sur ses genoux, l'heure de l'inspiration étant enfin venue. La jeune fille traversa alors rapidement le marécage, et arriva de l'autre côté où prend naissance un ruisseau indolent qui longe ensuite un petit moment le chemin d'Hermiston. De cet endroit, la vue s'étendait sur les versants opposés, encore jaunis par l'hiver, sur le sentier qui s'inscrivait distinctement dans le paysage, sur le ruisseau indiqué çà et là par des bosquets de bouleaux, et plus loin, à deux milles à vol d'oiseau, sur le village d'Hermiston, niché au milieu de la verdure, avec ses fenêtres brillant au soleil couchant.

Là, elle s'assit et regarda un long moment ces carreaux de vitre étincelant dans le lointain. Cela l'amusait d'avoir une vue aussi étendue. Cela l'amusait d'apercevoir la maison d'Hermiston – de deviner des « gens », parmi lesquels elle crut reconnaître la silhouette du jardinier flânant au milieu des allées gravillonneuses.

Quand le soleil fut couché et que le versant est de la colline se trouva plongé dans la pénombre, elle discerna une autre silhouette qui montait le sentier d'un pas inégal, tantôt presque en courant, tantôt en s'arrêtant et en paraissant hésiter. À cette vue, elle s'arrêta de penser. Elle se retenait de penser comme on retient sa respiration. Puis elle consentit à « le » reconnaître. « Il ne vient pas dans cette direction, ce n'est pas possible », se dit-elle. Et elle demeura quelques secondes dans un état de suspens intolérable. Mais oui, il venait bien ; ses hésitations avaient cessé définitivement, il montait d'un pas ferme et rapide. Il n'y avait plus aucun doute, et la question allait incessamment se poser à elle : qu'allait-elle faire ? C'était très joli de se dire que son frère à elle était lui aussi un laird ; c'était très joli de parler de mariage entre cousins et d'appeler cousins ceux d'Hermiston, comme faisait tante Kirstie. Mais la différence de leur situation sociale respective était trop grande ; la décence, les convenances, la prudence, tout ce qu'on lui avait appris à respecter, tout ce qu'elle savait lui faisaient un devoir de fuir. Mais d'un autre côté il y avait la vie avec ses séductions enivrantes. Elle étudia un instant les données du problème avant de faire son choix définitif. Elle se releva, se montra dans l'ouverture qui se dessinait sur le ciel, puis s'enfuit toute frissonnante et alla s'asseoir les joues en feu sur la Pierre du Tisserand. Elle ferma les paupières, cherchant à retrouver son calme. Ses mains tremblaient sur ses genoux, et des phrases incongrues et futiles voltigeaient dans sa tête. Pourquoi tant s'affoler ? Elle saurait bien se tenir, que diable ! Il n'y avait aucun mal à voir le laird. C'était même la meilleure chose qui pouvait lui arriver. Elle marquerait une fois pour toutes les distances qu'il conviendrait d'observer entre eux. Peu à peu, ses pensées cessèrent de battre la campagne, et elle resta assise docilement, tranquille, solitaire, au milieu de toute cette tourbière. J'ai dit quelque part qu'elle n'était pas hypocrite, mais pour une fois j'ai peur de me tromper. Le fait est qu'elle ne se serait jamais avoué qu'elle avait gravi la colline pour y chercher Archie. Et peut-être, après tout, ne le savait-elle pas. Peut-être était-elle venue comme les pierres tombent. Car les pas de l'amour, chez les jeunes, et surtout chez les filles, sont instinctifs et inconscients.

Pendant ce temps, Archie approchait rapidement, et lui du moins savait ce qu'il cherchait. Il n'avait pas vu passer l'après-midi. Le souvenir de la jeune fille l'avait empêché de se concentrer sur sa lecture et l'avait attiré comme avec un aimant ; puis, sentant venir la fraîcheur du soir, il avait coiffé son chapeau et, étouffant un soupir, il avait pris le sentier de Cauldstaneslap. Il n'avait peut-être qu'une chance sur cent de rencontrer Kirstie, mais il l'avait saisie à tout hasard, pensant que la marche calmerait son impatience. Il fut d'autant plus surpris lorsqu'il dépassa le sommet de la côte pour redescendre vers le Creux des Sorcières, de la voir là, comme une réponse à ses désirs, silhouette minuscule de femme en robe grise et fichu rose, au milieu de toute cette solitude, assise sur la Pierre du Tisserand mort. Tout ce qui se réclamait encore de l'hiver déployait alentour ses teintes rouille, tandis que tout ce qui annonçait le printemps arborait la livrée tendre et vive de la saison nouvelle. Même sur la face immuable de la pierre tombale des changements étaient perceptibles ; et dans les rainures des lettres, la mousse inscrivait des touches émeraude. La jeune fille avait relevé par coquetterie (consciente ou inconsciente, allez savoir avec les femmes !) le bout de son fichu qui encadrait ainsi gracieusement sa figure à la fois pensive et rêveuse.

Elle avait ramené ses pieds sous elle, et, s'appuyant sur son bras nu, rond et ferme, prolongé par un mince poignet, elle scintillait à la clarté du couchant.

Le jeune Hermiston sentit un frisson le parcourir tout entier. Il était conscient qu'il s'avançait en terrain dangereux, et que ce qui risquait d'être en jeu était aussi grave que la vie et la mort. Ce n'était plus d'une enfant dont il s'approchait, mais d'une femme douée de pouvoirs et de séductions mystérieux, le dernier fleuron d'une longue lignée, et, quant à lui, il n'était ni pire ni meilleur que la plupart des autres hommes de son âge. Il possédait néanmoins une certaine délicatesse de sentiment qui l'avait préservé jusqu'alors de tout faux pas et qui (si l'un ou l'autre des deux jeunes gens avait pu le deviner) rendrait sa fréquentation bien plus dangereuse le jour où son cœur serait véritablement épris. Il avait la gorge sèche en abordant la jeune fille ; mais l'ensorcelante douceur de son sourire s'interposa entre eux comme un ange gardien.

Elle s'était retournée vers lui et lui avait souri sans se lever. Il y avait une nuance légèrement cavalière dans sa salutation dont aucun des deux jeunes gens ne s'était aperçu ; ni lui, qui la jugea gracieuse et charmante comme elle-même ; ni elle, qui, malgré toute sa finesse, n'avait pas senti la différence qu'il y avait entre se lever pour aller à la rencontre du laird et rester assise pour recevoir l'admirateur qu'elle attendait.

« Allez-vous vers l'ouest, Hermiston ? lui demanda-t-elle en lui donnant son nom territorial suivant la coutume du pays.

– J'y allais, répondit-il d'une voix légèrement enrouée, mais je pense être arrivé au terme de ma promenade pour aujourd'hui. N'êtes-vous pas comme moi, miss Christina ? J'étouffais à la maison. Je suis venu ici prendre l'air. »

Il s'assit à l'autre bout de la pierre tombale et examina Christina en se demandant quel genre de femme c'était. Une telle question (et surtout la réponse qu'il lui donnerait) avait pour lui comme pour elle une importance infinie.

« Moi non plus, je ne pouvais pas rester à l'intérieur, dit-elle. C'est une habitude que j'ai de venir ici le soir prendre le frais.

– C'était aussi une habitude de ma mère, dit-il gravement, en tressaillant à la seule évocation de ce souvenir. Puis, promenant ses regards autour de lui, il ajouta : depuis ce temps-là je n'y suis guère revenu. C'est tranquille. »

Et il soupira profondément.

« Ce n'est pas comme Glasgow, répondit-elle. Quelle ville fatigante que Glasgow ! Mais quelle belle journée j'ai eue pour mon retour, et quelle charmante soirée !

– Oui, vraiment, c'est une journée merveilleuse, dit Archie. Je crois que je m'en souviendrai jusqu'à mon dernier jour. Des jours comme celui-ci – je ne sais pas si vous avez la même impression –, tout me paraît si éphémère, si fragile, si exquis que j'ai peur de toucher à la vie. Notre passage terrestre est si bref, et tous ceux qui nous ont précédés – les Rutherford d'Hermiston, les Elliott de Cauldstaneslap – ils ont fait beaucoup de bruit en leur temps, remplissant ce petit coin tranquille de la rumeur de leurs exploits – ils sont tombés amoureux et se sont mariés aussi. Où sont-ils à présent ? C'est peut-être un lieu commun que de se poser cette question, mais, après tout, les lieux communs renferment de grandes vérités poétiques. »

Il la sondait, presque inconsciemment, pour savoir si elle pouvait le comprendre ; et si elle n'était qu'un petit animal de la couleur des fleurs, ou bien si elle avait une âme capable d'aimer. Elle, de son côté, se possédant bien, épiait, en vraie femme, la moindre occasion de briller ou d'abonder dans le sens qu'il plairait au jeune laird de donner à la conversation. L'artiste dramatique qui dort ou sommeille simplement à demi, chez la plupart des êtres humains, s'était soudain réveillé en elle avec une ardeur toute divine, mais il faut dire que le hasard la servait bien. Elle regardait Hermiston d'un air modeste qui s'accordait parfaitement à l'heure du jour et au cours de ses pensées ; le sérieux brillait dans ses yeux comme une étoile dans la pourpre du ciel occidental.

« Connaissez-vous le poème qu'a écrit Dand à ce sujet, dit-elle avec dans la voix un frisson d'émotion contenu. Je crois qu'il a essayé de traduire ce que vous venez de dire.

– Non, je ne le connais pas. Je serais curieux de l'entendre.

– Ce n'est rien sans la musique.

– Alors, chantez-le-moi.

– Le jour du Seigneur ? Vous n'y pensez pas, Mr. Weir !

– Je crains bien de ne pas être un strict observateur du sabbat, et puis il n'y a personne ici pour nous entendre, à part celui qui dort sous cette pierre.

– Oh ! je ne pensais pas vraiment ce que je dis, car, à mon avis, c'est tout aussi religieux qu'un psaume. Voulez-vous que je vous le fredonne alors ?

– J'en serais très heureux, dit-il, et, s'asseyant à côté d'elle sur la tombe, il s'apprêta à écouter. »

Christina redressa le buste comme pour chanter.

« Je ne peux que vous le fredonner, expliqua-t-elle. Je ne voudrais pas chanter à haute voix le dimanche. Je m'imagine que les oiseaux iraient le rapporter à Gilbert, ajouta-t-elle en souriant. Cela concerne les Elliott, et je ne crois pas qu'il y ait beaucoup plus de jolis poèmes dans les livres de poésie bien que Dand ne l'ait pas encore fait imprimer. »

Et elle commença à voix basse et bien articulée, allant tantôt jusqu'au murmure et tantôt montant jusqu'à une certaine note qu'elle réussissait mieux que les autres et qu'Archie finit bientôt par attendre avec une émotion croissante :

« Ils galopaient dans la pluie, aux jours de jadis,
Dans la pluie et le vent ;
Criant et rugissant sur les collines,
Et maintenant ils sont bien tranquilles dans la tombe,
Les vieux, les vieux Elliott, les durs, les rudes, les braves
[Elliott du temps jadis. »

Pendant qu'elle chantait, elle regardait fixement devant elle, les mains posées sur ses genoux qu'elle avait redressés, la tête bien droite, légèrement rejetée en arrière. Et l'expression qu'elle mettait dans son chant était admirable, car elle l'avait appris de la bouche même de l'auteur et sous sa direction. Quand elle eut fini, elle tourna vers Archie un visage où brillait une lumière douce, ce qui suscita dans le cœur du jeune homme un élan de sympathie et de pitié sans bornes. Sa question avait reçu sa réponse. Il avait devant lui un être humain vibrant et généreux, en harmonie avec le sens tragique de la vie.

Archie se leva instinctivement, et Christina fit de même. Cette dernière vit qu'elle avait marqué un point et elle avait assez d'esprit pour s'en aller sur une victoire. Il ne leur restait plus qu'à échanger quelques banalités, et ils le firent d'une voix basse et émue qui devait leur rendre à tous deux ce souvenir à jamais sacré. Dans la grisaille du crépuscule, il la vit serpenter à travers le marais, puis se retourner une dernière fois pour lui faire un signe de la main et franchir le col. Et il lui sembla alors qu'elle emportait avec elle une partie de son cœur, la plus profonde, la plus précieuse. Mais en même temps quelque chose y était venu, et venu pour y rester – Archie avait gardé de son enfance l'image, maintenant à demi effacée par le temps et la multitude des impressions nouvelles, de sa mère lui racontant d'une voix tremblante, et souvent même larmoyante, l'histoire du Tisserand en prière sur le lieu même où s'était déroulée cette brève tragédie, endroit depuis longtemps redevenu paisible. Et maintenant, cette scène trouvait un pendant dans son souvenir. Il contemplait et contemplerait à tout jamais Christina assise sur ce même tombeau, parmi les teintes grisâtres du couchant, gracieuse, exquise, pure comme une fleur, et chantant elle aussi :

> « Les vieilles choses tristes et lointaines,
> Et les batailles du temps jadis. »

de leurs communs ancêtres, maintenant disparus, leurs rudes guerres, à présent terminées, leurs armes ensevelies avec eux, et leurs descendants, ces étranges créatures, qui s'attardaient un moment à leur place et seraient à leur tour remplacés par d'autres qui viendraient chanter leurs exploits à l'heure grise du soir. Et par un effet inconscient de sa tendresse, ces deux femmes se trouvaient ainsi enchâssées dans le sanctuaire de sa mémoire, les larmes lui venant indifféremment à la pensée de l'une ou de l'autre ; et la jeune fille, toute mignonne et jolie qu'elle était, rejoignit dans le domaine des choses sérieuses, comme la vie et la mort, la mère disparue. C'est ainsi que, les enveloppant de tous côtés, le destin se jouait habilement de ces deux pauvres enfants. Les générations avaient été préparées, les cœurs formés à sentir et à souffrir, avant que le rideau ne se lève sur la tragédie finale.

Au moment même où elle disparaissait à la vue d'Archie, Christina vit s'ouvrir devant elle le vallon en forme de coupe où se nichait la ferme. Elle aperçut à quelque cinq cents pieds au-dessous d'elle la maison tout éclairée de chandelles, ce qui l'incita à presser le pas. Car elles n'étaient allumées que pour la prière du dimanche soir qui mettait un terme à l'insupportable ennui de la journée et annonçait le délassement du souper. Elle savait que Robert devait déjà être assis au bout de la table, s'apprêtant à distribuer à chacun sa ration, car c'était lui, en sa qualité de prêtre et de juge de la famille, qui officiait, et non pas Gilbert, le prophète. Elle se mit donc à dévaler la pente et arriva à la porte tout essoufflée, alors que ses trois plus jeunes frères, enfin réveillés de leur sieste, prenaient le frais sur le pas de la porte, entourés de leurs neveux et nièces, et bavardaient en attendant le signal convenu. Christina resta un peu en retrait, ne voulant pas attirer l'attention sur son arrivée tardive ou sur sa respiration haletante.

« Kirstie, cette fois c'était moins une, mon enfant, dit Clem. Où étais-tu ?

– Oh ! je suis allée me promener toute seule », répondit-elle.

Et la conversation continua de rouler sur la guerre américaine*, sans qu'il fût fait d'autres allusions à la petite vagabonde qui se tenait dans l'ombre, toute frissonnante de bonheur et d'un sentiment de culpabilité.

Robert appela de l'intérieur, et les frères commencèrent d'entrer l'un après l'autre au milieu de la marmaille.

Dandie attendit pour entrer le dernier, et prenant Kirstie par le bras, il lui chuchota à l'oreille :

« Où donc avez vous pris cette habitude de vous promener toute seule avec des bas roses, mistress Elliott ? »

Elle baissa les yeux et devint toute rouge.

« J'ai oublié de me changer », dit-elle.

Et elle récita, à son tour, ses prières, partagée entre l'inquiétude de savoir si Dand avait remarqué ses bas jaunes à l'église et l'avait ainsi surprise en flagrant délit de mensonge, et la honte d'avoir déjà accompli sa prophétie. Elle se souvint de ses paroles, et qu'il lui avait prédit comment les choses se passeraient quand elle aurait un amoureux, et que ce serait pour le bien et pour le mal.

« Aurai-je maintenant un amoureux ? » se dit-elle avec un secret ravissement.

Et si, pendant la prière, sa principale occupation fut de cacher ses bas jaunes au regard indifférent de Mrs. Hob, pendant le repas, tandis qu'elle faisait semblant de manger, à la fois contrainte et rayonnante, et de même quand elle eut dit bonsoir à ses frères pour aller se coucher, et retrouva dans son lit sa nièce endormie, et qu'elle put enfin quitter cette armure que le monde nous force à porter, elle se redisait les mêmes paroles, des mots qui parlaient de bonheur, d'un monde métamorphosé, d'un jour passé au paradis et d'une nuit qui devait lui ouvrir les portes du ciel. Toute la nuit elle se laissa doucement emporter sur un flot de sommeil et de rêves enchantés ; toute la nuit elle caressa au fond de son cœur cette exquise espérance ; et si, au petit matin, elle sombra un moment dans une plus profonde inconscience, ce ne fut que pour mieux la ressaisir dès son réveil.

* La guerre d'Indépendance américaine.

CHAPITRE VII

Entrée de Méphistophélès

Deux jours plus tard, un cabriolet venant de Crossmichael déposa Frank Innes devant la porte d'Hermiston. Une fois, au cours de l'hiver écoulé, Archie, dans une crise d'ennui aigu, lui avait écrit une lettre. Cette lettre contenait quelque chose qui ressemblait à une invitation ou qui faisait allusion à une invitation, mais ni l'un ni l'autre ne se le rappelait avec précision. Quand Innes la reçut, rien n'était plus éloigné de son esprit que l'idée d'aller s'enterrer dans la lande avec Archie, mais même les esprits les plus pondérés ne suivent pas toujours une ligne de conduite bien arrêtée. Cela supposerait un don de prophétie qui a été refusé à l'homme. Par exemple, qui aurait pu imaginer qu'un mois à peine après avoir reçu cette lettre et en avoir souri, puis avoir différé d'y répondre et l'avoir finalement égarée, des événements d'une nature alarmante viendraient assombrir la carrière de Frank ? Voici brièvement son histoire. Son père, petit propriétaire du Morayshire chargé d'une nombreuse famille, fut amené à lui couper les vivres. Frank, de son côté, avait commencé à se constituer une jolie bibliothèque de droit, mais, ayant brusquement perdu de l'argent aux courses, il avait été contraint de la vendre avant même de l'avoir payée, et son libraire, ayant eu bruit de la chose, avait obtenu un mandat d'arrêt contre lui. Innes en avait été averti à temps, et il avait pu prendre ses mesures. Mais vu l'état embrouillé de ses affaires et l'accusation qui pesait contre lui, il avait jugé plus prudent de s'esbigner, et, après avoir écrit une lettre fiévreuse à son père, il avait sauté dans la diligence de Crossmichael. Tout port est bon dans la tempête ! Il avait donc stoïquement tourné le dos au Palais du Parlement et à son gai babil, à la bière et aux huîtres, au champ de courses et au pesage, et s'était préparé tout aussi stoïquement à aller s'enterrer vivant à Hermiston auprès d'Archie jusqu'à ce que les nuages se fussent dissipés.

Pour lui rendre justice, il faut dire qu'il fut tout aussi surpris de partir qu'Archie de le voir arriver, et qu'il manifesta son étonnement avec bien meilleure grâce.

« Eh bien, me voici, dit-il en descendant de voiture. Pylade est enfin venu voir Oreste. À propos, as-tu reçu ma réponse ? Non ? Comme c'est fâcheux ! Mais puisque je suis là, je te répondrai de vive voix, ce qui vaut encore mieux.

– Je suis très heureux de te voir, naturellement, dit Archie, tu es le bienvenu ici. Mais tu ne vas pas rester longtemps, j'imagine, avec la Cour qui est encore en session. Est-ce bien prudent, cette visite ?

– Au diable la Cour ! s'écria Frank. Qu'est-ce que la Cour à côté de l'amitié et des plaisirs de la pêche ? »

Il fut donc convenu entre eux qu'il resterait jusqu'au moment qu'il s'était secrètement assigné lui-même, c'est-à-dire jusqu'au jour où son père lui apporterait l'argent qui lui permettrait de rembourser le libraire. C'est dans ces termes assez vagues que commença pour ces deux jeunes gens, qui n'étaient même pas amis, une vie extrêmement familière, mais qui, à mesure que les jours passaient, devenait de moins en moins intime. Ils se retrouvaient au moment des repas et le soir à l'heure du whisky, mais un observateur avisé, s'il s'en fût trouvé un, n'eût pas manqué de remarquer qu'ils étaient beaucoup moins rarement ensemble le jour. Archie avait à s'occuper de la propriété, sans parler de ses multiples courses dans les collines pour lesquelles il n'avait jamais demandé à Frank de l'accompagner et s'y était même opposé. Quelquefois, il partait de bon matin en laissant un billet sur la table du petit déjeuner à l'intention de Frank ; et, quelquefois, il ne revenait que bien après l'heure du dîner, sans même avoir pris la peine de l'avertir. Innes se plaignait de ces désertions ; et il avait besoin de toute sa philosophie pour s'accommoder d'un petit déjeuner solitaire, et de toute sa bonhomie pour accueillir Archie avec cordialité les rares fois où celui-ci rentrait en retard pour dîner.

« Je me demande bien ce qu'il peut avoir à faire de si important, Mrs. Elliott ? dit-il à la gouvernante un matin au moment de se mettre à table après avoir lu le billet qu'Archie venait de lui griffonner.

– C'est sûrement pour affaires, monsieur, répondit sèchement la gouvernante, en marquant bien la distance qui séparait dans son esprit son maître du jeune homme qui était son hôte par une petite inclination significative de la tête.

– J'entends bien, mais je ne peux pas imaginer lesquelles !

– Ça, ça le regarde », rétorqua Kirstie avec une sécheresse redoublée.

Il se tourna vers elle avec cet air de gaieté avenante qui faisait le charme de son caractère, et partit d'un grand éclat de rire jovial.

« Bien joué, Mrs. Elliott ! s'exclama-t-il. Et le visage de la gouvernante laissa paraître comme à regret l'ombre d'un sourire. Bien joué en vérité ! Mais vous avez tort de me traiter en étranger. Ne savez-vous pas qu'Archie et moi avons été ensemble au collège puis à l'université, et nous devions faire ensemble notre droit quand... vous savez quoi ? Quel dommage, mon Dieu, quel dommage ! Une vie gâchée, un brillant jeune homme comme Archie enterré ici dans un désert, peuplé de paysans ! Et tout ça pour quoi ? Pour une bêtise, rien d'autre, si vous voulez mon avis. Jésus, vos scones sont fameux, Mrs. Elliott !

– Ce n'est pas moi qui les ai faits, c'est la petite, répondit Kirstie. Et, sauf votre respect, monsieur, je ne vois pas pourquoi on prendrait à témoin le nom du Seigneur pour de la vile mangeaille tout juste bonne à vous remplir la panse.

– Je reconnais, madame, que vous avez parfaitement raison, reprit Frank, sans se départir de sa bonne humeur, mais, comme je viens de vous le dire, c'est une aventure déplorable pour ce pauvre Archie, et nous pourrions faire plus mal, vous et moi, que d'unir nos efforts, comme deux personnes raisonnables, pour tenter d'y mettre un terme. Permettez-moi de vous dire, chère madame, qu'Archie est un jeune homme plein d'avenir, et qu'à mon avis tout destine au barreau. Quant à son père, nul ne peut nier son talent, mais je ne crois pas non plus qu'il s'en trouverait beaucoup pour nier qu'il y a en lui quelque chose de positivement diabolique...

– Vous voudrez bien m'excuser, Mr. Innes, mais je crois que la petite m'appelle, dit Kirstie, et elle sortit précipitamment de la pièce.

– Va au diable, vieille sorcière ! » s'écria Innes.

Pendant ce temps-là, Kirstie, qui s'était réfugiée dans la cuisine, donnait cours devant sa vassale à son ressentiment.

« Désormais, ma petite, c'est toi qui serviras Mr. Innes ! Il me sort par les trous de nez, celui-là. "Pauvre Archie !" Non, mais de quoi il se mêle ? Je lui en donnerais, moi, du "Pauvre Archie" ! Et Hermiston, qu'il trouve "positivement diabolique" ! C'est y pas une honte de parler de la sorte quand on vient de s'empiffrer des crêpes de son hôte ? Il n'y a pas un cheveu chez le fils ou chez le père qui ait plus de vitalité et d'esprit qu'il n'en a lui dans tout son corps rachitique ! Qu'il n'essaie pas de m'abuser ! Qu'il aille là-bas dans la ville noire, où il est peut-être le bienvenu, rouler carrosse avec des grues, la tête coiffée d'un haut-de-forme ! Quelle honte ! »

Il était impossible d'écouter sans admiration Kirstie s'indigner à mesure qu'elle énonçait ses accusations presque totalement infondées. Alors, elle se souvint de ce qu'elle était venue faire et se retourna vers son auditrice fascinée :

« M'as-tu entendue, souillon ? As-tu entendu ce que je t'ai dit ? Ou faut-il que j'aille te conduire à lui ? Tu t'attends peut-être à être servie, toi aussi ? »

Sur quoi la jeune fille s'enfuit de la cuisine, qui était devenue vraiment trop dangereuse, pour aller servir Innes dans le petit salon.

Tantaene irae ? Le lecteur aura certainement perçu la raison d'une telle colère. Depuis l'arrivée de Frank, finies les heures de bavardage après souper en apportant le plateau ! Toutes les flatteries du jeune homme étaient vaines. Il avait pris le départ de la course aux faveurs de Mrs. Elliott avec plusieurs longueurs de retard !

Il faut dire également qu'une noire malchance le poursuivait dans ses efforts pour se rendre sympathique. Cependant je dois mettre le lecteur en garde contre les épithètes dont le taxait Kirstie, plus soucieuse qu'elle était de leur vigueur que de leur exactitude. Rachitique, par exemple, était une pure calomnie. Frank était l'exemple même d'un jeune homme viril, gai et bien fait de sa personne. Il avait des yeux espiègles, des cheveux bouclés, un sourire avenant, des dents éblouissantes, un admirable port de tête, l'air d'un gentleman, et l'adresse de quelqu'un accoutumé à plaire de prime abord et qui néanmoins donne l'impression de gagner à être connu. Et pourtant, malgré tous ces avantages, il échoua misérablement auprès de tout le monde à Hermiston. Auprès du berger silencieux, de l'intendant obséquieux, du valet d'écurie qui menait parfois la charrue, du jardinier et de la sœur de celui-ci, humble dévote, coiffée d'un châle qui lui couvrait jusqu'aux oreilles – avec tous et chacun il avait échoué misérablement. On ne l'aimait pas, et on le lui montrait. Seule la petite bonne faisait exception. Elle l'admirait dévotement et rêvait probablement de lui quand elle était seule. Mais comme elle avait été accoutumée à écouter en silence les tirades de sa maîtresse et à lui servir de souffre-douleur ; elle avait appris non seulement à être débrouillarde pour son âge, mais également très prudente et très secrète. Frank n'avait donc qu'un seul allié qui sympathisait avec lui au milieu de cette coalition hostile qui l'entourait, l'observait, l'épiait et le guettait dans la demeure d'Hermiston : mais il ne retirait qu'un piètre réconfort de cette alliance, et la modeste petite bonne (qui avait eu douze ans à son dernier anniversaire) vaquait à sa tâche, prestement et laconiquement, sans rien révéler de ses pensées. Quant aux autres, ils étaient tout bonnement insupportables. Jamais jeune Apollon ne s'était trouvé isolé au milieu d'aussi rustiques barbares. Mais peut-être que la cause de son insuccès résidait dans un trait de son caractère dont il était inconscient, et qui consistait à vouloir s'insinuer dans les bonnes grâces d'une personne en en débinant une autre. Il vous offrait son alliance contre cette personne, vous flattait tout en la dénigrant, et voilà que, sans même vous en apercevoir, vous vous trouviez attiré dans une de ces perfides petites intrigues dont on ne sait jamais très bien où elles vont vous mener. D'ordinaire, ce procédé opère des merveilles ; l'erreur de Frank consista simplement dans le choix de cette autre personne. Il écouta la voix du ressentiment, en quoi il fut malavisé. Archie l'avait blessé tout d'abord par la froideur de son accueil (ainsi du moins en jugea Frank), blessure qui s'était envenimée depuis par ses fréquentes absences. En outre, Archie était la seule personne qui fût continuellement sous les yeux de Frank, lequel ne pouvait donc s'ouvrir de sa déception et offrir sa trompeuse sympathie qu'aux serviteurs de son ami. Or, la vérité, c'est que les Weir, père et fils, étaient entourés par un petit groupe de fervents loyalistes. De mylord d'abord ils étaient immensément fiers. C'était une distinction en soi que d'être l'un des vassaux du « Juge Pendeur », dont la rude et formidable jovialité était loin d'être impopulaire à Hermiston et dans les environs. Quant à Archie, ils éprouvaient à son égard un respect et une affection qui ne toléraient aucune critique.

Frank n'avait pas plus de succès quand il s'aventurait au-delà d'Hermiston. Les Quatre Frères Noirs, par exemple, le trouvaient antipathique au plus haut point. Hob le jugeait trop futile, Gib trop impie. Clem, qui ne l'avait aperçu qu'un jour ou deux avant de se rendre à Glasgow, voulait savoir ce que ce fou faisait là, et s'il comptait rester ici durant toute l'année universitaire. « C'est un fainéant », disait-il. Quant à Dand, il suffira de décrire sa première rencontre avec Frank pour se faire une idée de la nature des sentiments que ce dernier pouvait lui inspirer. Frank était donc descendu à la rivière pour y jeter sa ligne, quand le hasard voulut qu'il croisât cette célébrité rustique.

« On m'a dit que vous étiez un fameux poète, lui dit Frank en l'abordant.

– Qui est-ce qui a bien pu vous dire une chose pareille, mon petit monsieur ? avait répondu sèchement Dand.

– Oh, tout le monde !

– Bon Dieu ! voilà bien la gloire ! » avait répliqué le sardonique barde avant de continuer son chemin.

En y réfléchissant bien, nous tenons peut-être là la clef des échecs répétés de Frank. S'il avait rencontré Mr. Sheriff Scott, il aurait sans doute mieux tourné son compliment, car il eût trouvé plus flatteur de devenir l'ami de Mr. Scott. Dand, en revanche, ne lui inspirait aucune considération, et il ne pouvait s'empêcher de le lui montrer même en essayant de le flatter. Le mépris est certes une excellente chose, et serait même la meilleure si le plaisir qu'il offrait pouvait être partagé ! Celui qui va pêcher parmi les paysans écossais avec le mépris pour seul appât risque fort de rentrer le soir avec son panier vide.

Frank illustra cette théorie au club de Crossmichael, où Archie l'avait conduit dès son arrivée, et où lui-même ne devait plus jamais remettre les pieds. Frank y fut tout de suite bien accueilli, il continua de s'y rendre régulièrement, et avait même assisté à l'une de ses réunions la veille de sa mort (ainsi que les membres du club aimaient plus tard à se le raconter). Le jeune Hay et le jeune Pringle s'y trouvaient également. Il y eut un autre souper à Windielaws et un autre dîner à Driffel ; et il en ressortit que Frank fut admis dans l'intimité de la gentry* avec autant d'empressement qu'en avaient mis les gens de la campagne à le répudier. Il occupa Hermiston à la manière d'un envahisseur installé dans une capitale conquise ; d'où il sortait perpétuellement, comme depuis une base, pour se rendre à des beuveries, des parties de pêche et des dîners auxquels Archie n'était pas invité et auxquels du reste il n'avait aucune envie d'aller. C'est à cette époque qu'Archie reçut le surnom de « Reclus ». D'aucuns prétendent qu'Innes l'aurait inventé ; en tout cas, il sut fort bien le répandre à la ronde.

« Et comment va votre Reclus aujourd'hui ? lui demandait-on.

– Au diable la réclusion ! » s'exclamait gaiement Innes en ayant l'air de dire quelque chose de spirituel, puis, interrompant

* Aristocratie locale.

aussitôt l'hilarité qu'il avait provoquée plus par son air que par ses paroles, il ajoutait :

« C'est bien joli de rire, mais avec tout ça, je ne peux pas dire que je m'amuse beaucoup. Ce pauvre Archie est un brave garçon, un excellent garçon même, un garçon que j'ai toujours aimé. Mais je ne trouve pas très chic de sa part de prendre aussi à cœur cette petite disgrâce et de se cloîtrer comme il le fait. Je ne cesse de lui dire : "J'admets que c'est une histoire ridicule, horriblement ridicule, mais sois un homme, voyons, ne te laisse pas abattre." Mais non, c'est comme de parler dans l'oreille d'un sourd. Certes, toute cette mélancolie provient de la solitude et de la honte, et de tout ce que vous voudrez. Mais j'avoue que je commence à m'inquiéter. Ce serait vraiment dommage si un jeune homme de la valeur de Weir devait mal tourner. J'ai bien envie d'écrire à lord Hermiston pour lui expliquer clairement la situation.

– C'est ce que je ferais si j'étais à votre place », lui disaient certains de ses auditeurs, en hochant la tête, puis ils s'interrompaient comme abasourdis par la nouveauté de cette idée résumée dans ce seul mot d'Hermiston.

« Excellente idée ! ajoutaient-ils en s'émerveillant de l'aplomb et de l'audace de ce jeune homme qui parlait comme d'une chose toute naturelle d'écrire à Hermiston et de se permettre de le conseiller sur la manière de conduire ses affaires. »

Et Frank continuait sur le ton de la confidence :

« Voilà à peu près comment les choses se passent. Il est pour le moment jaloux de voir la manière dont je suis reçu dans le comté, alors que lui, il est laissé de côté – il en est positivement ulcéré. Je me suis moqué de lui, j'ai essayé de le raisonner, je lui ai dit que tout le monde était extrêmement bien disposé à son égard, je lui ai même dit que je n'étais moi-même si bien reçu que parce que j'étais son invité. Mais tout ça n'a servi à rien. Il refuse les invitations qu'il reçoit et gémit sur celles qu'il ne reçoit pas. J'ai peur que la blessure ne s'envenime. Il a toujours eu une de ces natures sombres, secrètes, irritables, bilieuses, enfin vous voyez ce que je veux dire. Il a dû hériter cette humeur chagrine des Weir que je soupçonne d'avoir été jadis une famille de tisserands, donc des sédentaires. Il a précisément un caractère à s'aigrir, placé dans une fausse position comme celle que son père lui a faite, ou qu'il s'est faite lui-même, si vous préférez. Pour ma part, je trouve que c'est infiniment regrettable », ajoutait généreusement Frank.

On vit alors le chagrin et l'anxiété de cet ami désintéressé prendre corps peu à peu. Il commença à parler en privé des mauvaises habitudes, de basses habitudes qu'aurait contractées Archie.

« J'avoue qu'il est en train de filer un drôle de coton, confiait-il, et je crains que tout cela ne finisse mal. Entre nous soit dit, je n'ai plus guère envie de rester ici, seulement, que voulez-vous, je n'ose pas le laisser tout seul. Si je m'en allais, c'est sur moi que retomberait le blâme plus tard. En restant ici, je me sacrifie pour lui, il n'y a pas d'autre mot. Je compromets mes chances pour le barreau, j'en suis bien conscient. Et le plus drôle, c'est que personne ne m'en saura gré. D'ailleurs plus personne ne croit à l'amitié de nos jours.

– C'est vraiment très généreux de votre part, Innes, répliquait l'un de ses interlocuteurs, je dois le reconnaître. Si jamais l'on vous blâme, soyez en tout cas assuré de mon soutien, je saurai toujours vous défendre.

– Franchement, ma situation n'est pas très agréable, continuait Frank. Il n'est même pas très gentil avec moi. Il n'est pas pour rien le fils de son père, vous savez. Je ne l'accuse pas d'être grossier – naturellement je ne le supporterais pas –, mais c'est tout juste. Non, ce n'est pas très gai ; mais je vous le répète, en conscience, je me dois de rester à ses côtés. Cela dit, il ne faut rien exagérer. Je ne l'accuse d'aucun méfait. Je dis seulement que je n'aime pas la tournure que prennent les choses. » Sur quoi il pressait le bras de son confident du moment.

Dans les premiers temps, je suis persuadé que Frank n'y mettait point de malice. Il parlait pour le plaisir de parler. Il était naturellement volubile, comme il sied à un jeune avocat, sans trop se soucier de la vérité, en jeune sot qu'il était. Alors il disait un peu n'importe quoi. Il n'obéissait à aucun préjugé particulier, sauf à celui qui afflige tous les hommes, et qui consiste à faire l'important et à chercher à intéresser son interlocuteur. C'est ainsi qu'en frappant l'air de ses lèvres, il était arrivé à brosser un portrait d'Archie convaincant dont on parlait aux quatre coins du comté. Partout où il y avait un manoir avec un jardin entouré de murs, partout où il y avait un castel au milieu d'un parc, partout où un cottage près des ruines d'un vieux donjon indiquait une ancienne famille déchue, partout où une superbe villa, avec une allée carrossable nichée au milieu d'un bosquet, signifiait l'apparition de nouveaux riches, Archie commença d'être regardé à travers un miroir déformant, et la suite de sa carrière était attendue avec un certain malaise et au milieu de chuchotements confidentiels. « Mon cher, il a fait quelque chose de honteux. Quoi au juste, personne ne le sait, et ce brave Mr. Innes fait tout son possible pour l'innocenter. Mais le fait n'en demeure pas moins. Et Mr. Innes se fait beaucoup de souci à son sujet. Il est vraiment dans une situation très inconfortable, mon cher. Il a pour ainsi dire sacrifié son avenir, parce qu'il n'ose pas le laisser tout seul. » Nous sommes tous à la merci d'un mot dit à la légère et cela sans la moindre intention maligne de la part de son auteur ! Si un homme, en parlant de lui-même, mentionne au passage quelques-unes de ses actions vertueuses en se gardant bien de leur appliquer l'épithète de vertu, vous pouvez être sûr que son témoignage sera accepté comme parole d'évangile au tribunal de l'opinion publique !

Pendant ce temps-là, un ferment de discorde, encore plus pernicieux, travaillait les deux jeunes gens, et qui, bien que s'étant manifesté tardivement, avait rapidement modifié, en les aggravant, leurs dissensions initiales. Pour un garçon oisif et frivole comme Frank, le parfum du mystère avait un attrait irrésistible. Il excitait son esprit comme un enfant s'entiche d'un nouveau jouet ; car, comme beaucoup de jeunes gens qui se destinent au barreau, et qui n'ont pas encore été confrontés aux réalités de l'existence, Frank se piquait d'être un homme d'une rapidité et d'une pénétration d'esprit extraordinaires. On ne connaissait pas encore Sherlock Holmes à cette époque, mais l'on parlait beaucoup de Talleyrand. Et, pour peu qu'il se laissât aller à vous faire une confidence, et l'on vient de voir qu'il n'en était pas avare, Frank vous eût volontiers avoué en vous regardant dans les yeux que s'il y avait quelqu'un à qui il ressemblait dans l'histoire, c'était à Talleyrand. C'est à l'occasion de la première absence d'Archie que cet intérêt se manifesta. Il s'était accru considérablement lorsque, au petit déjeuner, Kirstie s'était offusquée de sa curiosité. Or, il arriva qu'une autre scène, survenue l'après-midi, confirma ses intuitions. Il pêchait à Swingleburn en compagnie d'Archie quand celui-ci regarda sa montre.

« Eh bien, au revoir, dit-il. J'ai à faire. Je te verrai à dîner.

– Ne sois pas si pressé, cria Frank. Attends au moins que j'aie plié ma canne. Je partirai avec toi. J'en ai assez de fouetter cette mare. »

Et il se mit à enrouler sa ligne.

Archie demeura interdit. Il lui fallut un moment avant de se remettre de cette attaque directe ; mais dès qu'il eut trouvé sa réponse (Frank ayant presque fini de ranger son attirail de pêche), il était redevenu complètement Weir, avec le masque du « juge pendeur » accroché à son visage. Il parla avec un calme étudié, et même avec une certaine bénignité, mais un enfant aurait bien vu que sa décision était prise.

« Je te demande pardon, Innes ; je ne veux pas me montrer désagréable, mais comprenons-nous bien dès à présent. Quand je voudrai ta compagnie, je te la demanderai.

– Oh, s'écria Frank, alors tu ne veux pas de moi, c'est bien ça ?

– Non, pas pour le moment, répondit Archie. Je t'ai même indiqué quand je la souhaitais, si tu veux bien t'en souvenir, et c'est à dîner. Si nous voulons vivre agréablement ensemble – et je ne vois pas pourquoi nous n'y parviendrions pas –, cela ne pourra se faire qu'en respectant l'intimité l'un de l'autre. Si nous commençons à nous mêler...

– Allons, est-ce là une manière de traiter un hôte qui est aussi un vieil ami ? s'écria Innes.

– Rentre à la maison et réfléchis tranquillement à ce que je t'ai dit, continua Archie. Vois si ma proposition est raisonnable ou si elle te paraît injurieuse, et retrouvons-nous pour dîner comme si de rien n'était. Disons les choses autrement. Je connais mon caractère, et te connaissant également je prévois que ta visite risque d'être assez longue (ce dont je me réjouis vivement, crois-le bien), mais je préfère prendre tout de suite mes précautions. Je vois très bien la pierre sur laquelle nous, ou disons moi, si tu préfères, je pourrais achopper, si je n'y fais pas attention, et je prends soin de l'enlever. C'est tout. Et je te parie cinq livres que tu finiras par comprendre que je ne suis animé que de bonnes, d'amicales intentions, à ton égard, et je suis sincère, Frank, je te l'assure », ajouta-t-il en s'adoucissant.

Rouge de colère, mais incapable d'articuler un mot, Innes mit sa ligne sur son épaule, fit un geste d'adieu et s'éloigna à grandes enjambées le long de la rivière. Archie le regarda partir sans bouger. Il était navré, mais il n'avait aucun regret. Il lui était odieux de se montrer inhospitalier, mais il n'était pas pour rien le fils de son père. Il se considérait à bon droit comme le maître chez lui et n'entendait pas se laisser dicter sa conduite par un étranger, fût-il un ami et un invité. Il avait également horreur de se montrer dur, mais aussi Frank l'avait bien cherché. Si celui-ci avait fait preuve de la moindre discrétion, il se serait montré, quant à lui, d'une courtoisie parfaite. Et puis il y avait autre chose. Le secret qu'il cherchait à protéger n'était pas seulement le sien à lui, c'était aussi le sien à *elle* : il appartenait à cet être inexprimable qui prenait rapidement possession de son âme et à la sauvegarde duquel il aurait, s'il l'avait fallu, sacrifié des cités entières. Tandis qu'il regardait cheminer Frank d'un pas furieux le long de la Swingle, apparaissant çà et là dans la bruyère défleurie, s'amenuisant dans le lointain jusqu'à ressembler à un Lilliputien, il ne put s'empêcher de sourire de leur petite prise de bec. Ou Frank s'en irait, et ce serait somme toute un soulagement, ou bien il continuerait de rester, mais alors il saurait à quoi s'attendre. Désormais Archie était libre de gagner par des sentiers détournés, en escaladant des collines et en longeant des ruisseaux, l'endroit du rendez-vous où Kirstie, au milieu des cris des pluviers et des courlis, brûlait du désir de le voir arriver à la pierre du Covenant.

Innes descendit la colline animé d'un ressentiment facile à comprendre, mais qui céda progressivement aux besoins de sa situation. Il maudissait Archie, le traitant de sans-cœur, de faux ami, de dogue hargneux ; se traitant encore plus violemment de fou, et se maudissant d'être venu à Hermiston quand il aurait pu trouver refuge dans presque n'importe quelle autre maison d'Écosse. Mais le pas une fois fait, il n'y a pratiquement plus moyen de revenir en arrière. Il n'avait du reste plus d'argent pour aller ailleurs. Il devrait même emprunter à Archie l'argent nécessaire pour se rendre à la prochaine séance du club ; et malgré tout le mal qu'il pensait des manières de son hôte, il était quasiment sûr de sa générosité. La ressemblance de Frank avec Talleyrand peut paraître certes exagérée, cependant Talleyrand lui-même n'aurait pas pu accepter avec plus de machiavélique docilité la leçon de l'expérience. Quand vint l'heure de passer à table, Archie s'y présenta sans aucune trace de ressentiment, presque avec cordialité. Il faut prendre ses amis tels qu'ils sont, s'était-il dit. Archie ne pouvait s'empêcher d'être le fils de son père, et le petit-fils de son grand-père, l'hypothétique tisserand. Ce fils d'avare avait encore un reste d'avarice au fond du cœur, et était incapable de délicatesse et de vraie générosité. Mais il avait d'autres qualités sur lesquelles Frank pouvait exercer sa verve en attendant, et, pour en profiter, il était nécessaire que Frank gardât tout son calme.

Il y réussit si bien qu'il se réveilla le lendemain matin, la tête pleine d'un sujet différent, mais non sans rapport avec l'incident de la veille. À quoi donc s'amusait Archie ? Pourquoi fuyait-il la compagnie de Frank ? Quel était son secret ? Avait-il rendez-vous avec quelqu'un, et ce quelqu'un était-il une femme ? Ce serait amusant de le découvrir et puis quelle jolie manière de se venger ! Il s'employa donc à cette tâche avec une patience extraordinaire, qui eût surpris ses amis, car on lui avait toujours prêté plus de brio que de patience ; et, peu à peu, point par point, il réussit à démêler l'écheveau. Il remarqua d'abord qu'Archie, quelle que fût la direction qu'il prenait le matin au départ de la maison, revenait toujours d'un certain endroit situé entre le sud et l'ouest. Après avoir étudié une carte et considéré la grande étendue de lande inhabitée qui s'étendait du côté des sources de la Clyde, il mit le doigt sur Cauldstaneslap et deux autres fermes voisines, Kingsmuirs et Polintarf. Mais il était difficile d'aller plus loin. Armé de sa canne à pêche, il visita tour à tour ces trois lieux, mais sans y trouver la confirmation de ses soupçons. Il aurait volontiers essayé de suivre Archie, si la chose avait été possible, mais la nature du terrain rendait ce projet irréalisable. Il se blottit alors dans un coin tranquille d'où il observa les mouvements d'Archie à l'aide d'une longue-vue. Cette démarche se révéla également vaine, et il se lassa assez rapidement de sa futile surveillance, laissa la longue-vue à la maison, et allait renoncer à son projet quand, après le vingt-septième jour de son arrivée, il se trouva brusquement nez à nez avec la personne qu'il cherchait.

Le premier dimanche, Kirstie s'était arrangée pour ne pas aller à l'église, sous prétexte d'une indisposition. En réalité, c'était plutôt par modestie : le plaisir de contempler Archie lui semblant trop sacré, trop vif pour ce lieu public. Les deux dimanches qui suivirent, c'est Frank lui-même qui avait dû s'absenter pour rendre visite à l'une ou l'autre des familles du voisinage. Ce ne fut donc que le quatrième dimanche que Frank eut l'occasion de contempler l'enchanteresse. Au premier regard, toute hésitation avait disparu. La jeune fille était venue avec les gens de Cauldstaneslap, donc elle habitait Cauldstaneslap. C'était donc cela le secret d'Archie, c'était donc elle, la femme, et plus encore – car, bien que je doive nuancer au maximum mon propos, dès le premier regard, il s'était déjà posé en rival. C'était beaucoup par pique, un peu par vengeance, et aussi, il faut bien le dire, par sincère admiration : laissons au diable le soin de déterminer les propositions ! J'en suis pour ma part incapable, et je doute que Frank y eût vu plus clair que moi.

« Jolie fermière, observa-t-il en revenant de l'église. Vraiment très jolie.

– Qui donc ? interrogea Archie.

– Oh, la jeune fille que tu es en train de regarder, là-bas, devant nous, sur la route. Elle est venue, accompagnée du barde rustique. Il est donc probable qu'elle appartienne à cette noble famille. Une seule objection : les quatre Frères Noirs sont de rudes gaillards. S'il devait y avoir du vilain, Gib baragouinerait et Clem monterait sur ses grands chevaux. Dand piquerait une colère, et Hob éclaterait comme une grenade. Ce serait encore une de ces histoires à la Elliott !

– Très drôle, fit Archie.

– Ma foi, un peu de gaieté ne fait pas de mal, dit Frank, surtout, ici, en ta solennelle compagnie, mon cher ami. Reconnais au moins que la jolie fermière a trouvé grâce à tes yeux, si tu tiens encore à passer pour un homme de goût.

– C'est bien le cadet de mes soucis », répondit Archie qui se mit à rougir sous le regard ironique de Frank. Puis, n'y pouvant plus tenir, il fit passer sa canne d'une main dans l'autre et s'écria :

« Ne dis donc pas de bêtises, Frank !

– Des bêtises ? En vérité, la réponse est admirable ! dit Frank. Mais laisse-moi te donner un conseil : méfie-toi des quatre frères, mon cher. S'ils entrent dans la danse, on verra bien qui est l'idiot. Songe que s'ils dépensaient seulement un quart de l'ingéniosité qu'il m'a fallu pour savoir à quoi et avec qui Mr. Archie passe ses soirées, et pourquoi il se montre si susceptible quand on aborde ce sujet...

– Comme tu le fais en ce moment, interrompit Archie en faisant la grimace.

– Je te remercie. C'est tout ce qu'il me fallait, une confession en mots propres, dit Frank.

– Je te prie de te rappeler... » commença Archie.

Mais il fut interrompu à son tour.

« N'en dis pas plus, mon cher ami. C'est tout à fait inutile. Le sujet est mort et enterré en ce qui me concerne. »

Et Frank s'empressa de causer d'autre chose, art dans lequel il excellait, car il avait le don de parler sur tout et sur rien. Mais bien qu'Archie eût l'amabilité ou la timidité de le laisser babiller, celui-ci n'en avait pas fini pour autant. Quand il rentra dîner, Frank lui demanda en le dévisageant d'un air finaud : « Eh bien, comment vont les choses à Cauldstaneslap ? » Après dîner, Frank but son premier verre de porto à la santé de Kirstie, et, plus tard dans la soirée, il retourna à la charge.

« Pardonne-moi, mon vieux, de revenir sur cette histoire, mais j'y ai bien réfléchi, et je te conjure d'être plus prudent. Ce n'est pas une affaire sûre, pas sûre du tout, si tu veux mon avis, dit-il.

– Quoi donc ? demanda Archie.

– Ne m'oblige pas à te mettre les points sur les i, mais en tant qu'ami je ne peux pas rester à te regarder jouer avec le feu. Mon cher enfant, dit-il en levant son cigare en signe d'avertissement, réfléchis un peu. Comment tout cela va-t-il finir ?

– De quoi parles-tu ? Qu'est-ce qui va finir ? fit Archie, blême de colère.

– Eh bien, ton histoire avec la petite fermière, ou, si tu veux que je sois plus précis, ton histoire avec Miss Christina Elliott de Cauldstaneslap.

– Je t'assure, s'écria Archie, que tout cela n'est qu'une invention de ton imagination ! Cette jeune demoiselle est parfaitement irréprochable. Tu n'as aucun droit d'introduire son nom dans la conversation.

– J'en prends bonne note, dit Frank. Nous l'appellerons désormais mademoiselle Sans-Nom. Après tout, il y a bien eu une madame Sans-Gêne ! Je prends également bonne note du précieux témoignage que tu donnes de son honorabilité. Je considérais seulement la question d'un point de vue d'homme du monde. Admettons qu'elle soit un ange, en est-elle pour autant une dame ? »

Archie était à la torture.

« Je te demande pardon, dit-il en tâchant de se dominer, mais ce n'est pas parce que tu t'es insinué dans mes confidences...

– Tes confidences ! s'écria Frank. Je ne serais pas allé loin avec tes confidences ! Maintenant, écoute-moi bien, car ce que je vais te dire concerne ta sécurité et ta réputation, et, par conséquent, mon honneur, puisque je suis ton ami. Tu dis que je me suis insinué dans tes confidences. Je te passe le mot. Mais qu'ai-je fait en réalité ? J'ai additionné deux et deux, comme toute la paroisse le fera demain, et toute la vallée de la Tweed dans deux semaines ; quant aux Frères Noirs, je ne leur fixerai pas de délai à ceux-là, mais j'aime mieux ne pas être là quand ils ouvriront les yeux ! Il y aura de l'orage dans l'air ce jour-là. En d'autres termes, ton secret, c'est celui de Polichinelle. Mais j'aimerais savoir en tant qu'ami si cette perspective te réjouit le cœur. Je ne vois qu'une alternative à ton dilemme, et je dois dire qu'elle me paraît lamentable. Est-ce que tu te vois en train d'expliquer ton affaire aux quatre frères ? Ou, mieux, te vois-tu présentant la petite fermière à ton papa comme la future maîtresse d'Hermiston ? Dis-moi ? Moi, je te l'avoue franchement, c'est une situation que je ne peux m'imaginer. »

Archie se leva.

« Pas un mot de plus, je ne veux plus rien entendre », dit-il d'une voix tremblante.

Mais Frank agita de nouveau son cigare.

« Réponds d'abord à cette question. Dis-moi, est-ce que je ne te parle pas comme un ami ?

– Du moins le penses-tu, répondit Archie. Je ne mets pas en doute ta bonne foi. Mais je t'ai assez entendu sur ce sujet. Je vais me coucher.

– Très bien, Weir, dit Frank d'un ton affable. Va te coucher et réfléchis à ce que je t'ai dit. Et puis, n'oublie surtout pas de dire tes prières ! Tu me connais, je ne fais pas souvent la morale, mais quand je la fais, c'est qu'il y a une bonne raison, tu peux en être sûr. »

Archie alla donc se coucher et Frank resta assis à table pendant près d'une heure, perdu dans des pensées qui, à juger d'après son sourire, n'avaient sans doute rien de désagréable. Son caractère n'était pas vindicatif, mais quand il avait l'occasion de se venger, il savourait son plaisir, et en pensant aux réflexions auxquelles Archie devait se livrer sur son oreiller, il éprouvait un sentiment d'une douceur indescriptible. Il éprouvait également un sentiment de pouvoir fort plaisant. Il considérait un peu Archie comme une marionnette dont il tirait les ficelles, ou comme un cheval sur lequel il aurait parié qu'il menait par la seule force de son intelligence, et qu'à son gré il pouvait conduire à la victoire ou à la tombe. Que choisirait-il ? Il rêva longuement à des projets qu'il était bien trop paresseux pour exécuter. Tel un bouchon flottant sur un torrent, il goûta cette nuit-là les délices de la toute-puissance, méditant, pareil à un dieu, sur les ressorts de cette intrigue qui devait le briser avant la fin de l'été.

Chapitre VIII

Une visite nocturne

Kirstie avait quant à elle bien des motifs de se plaindre. À mesure que nous vieillissons, et surtout si nous sommes une femme glacée par la terreur de l'âge, la voix finit souvent par devenir l'unique exutoire de l'âme. Ne pouvant plus compter sur nos autres facultés, c'est seulement grâce à elle que nous arrivons à exprimer le cri étouffé de la passion ; grâce à elle seulement que, dans l'hiver de notre vie, nous pouvons continuer d'entretenir des relations avec les figures vivaces de la jeunesse qui se montrent encore à nous, et qui tendent de jour en jour à ne plus devenir pour nous que la tapisserie mouvante de la vie. La parole est le dernier chaînon qui nous relie au monde. Mais quand arrive la fin de la conversation, quand la voix s'arrête et que notre interlocuteur détourne de nous son visage, la solitude retombe sur le cœur endolori. Kirstie regrettait ses causeries nocturnes avec Archie ; elle ne pouvait plus errer avec lui, comme une ombre, peut-être, mais une ombre heureuse, dans les Champs-Élysées. Et si, pour elle, il semblait que le monde entier fût devenu silencieux, pour lui il ne s'agissait que d'un changement imperceptible d'amusement. Et elle enrageait de le savoir. L'effervescence de sa nature passionnée et irritable montait parfois en elle au point d'éclater.

Tel est le tribut payé par l'âge aux ardeurs intempestives de l'amour. Ce n'était pas la première fois que Kirstie avait à les refréner, mais pour son malheur elle se trouvait maintenant privée de ces conversations quand elle en avait le plus besoin, quand elle avait le plus à dire, le plus à demander, et alors qu'elle tremblait d'avoir à reconnaître que sa souveraineté n'était pas seulement suspendue, mais définitivement anéantie. Car, avec la clairvoyance de l'amour sincère, elle avait percé le mystère qui avait si longtemps intrigué Frank. Elle eut conscience, avant même que la chose n'éclatât, le soir même où elle commença, d'une usurpation de ses droits ; et une voix intérieure lui murmura le nom de l'usurpatrice. Depuis lors, soit par hasard ou par artifice, par l'observation de petits faits ou au vu de l'humeur générale d'Archie, elle avait acquis une certitude absolue. Avec un sentiment d'impartialité que lord Hermiston aurait pu lui envier, elle avait, ce jour-là, à l'église, reconnu et admis les séductions de la jeune Kirstie ; et, avec la profonde humanité et la sentimentalité qui caractérisaient sa nature, elle avait reconnu l'approche du destin. Ce n'était pourtant pas celui qu'elle avait rêvé pour Archie. Elle s'était plu à imaginer le jeune laird fiancé à quelque jeune fille grande et forte, au teint de rose, et aux boucles blondes, sculptée à son image, dont elle aurait orné le lit nuptial avec délices. Et maintenant, elle avait envie de pleurer en voyant ses ambitions déçues. Mais les dieux en avaient décidé autrement, et elle ne pouvait que s'incliner.

Cette nuit-là, elle se retourna dans son lit en proie à de fiévreuses pensées. Il y avait de graves questions en suspens, une bataille était proche dont elle considérait l'issue tantôt avec crainte, tantôt avec sympathie, passant alternativement d'un camp à l'autre. Tantôt elle se mettait à la place de sa nièce, et tantôt à celle d'Archie. Tantôt elle voyait par les yeux de la jeune fille le jeune homme à ses genoux, écoutant ses prières persuasives avec une faiblesse mortelle et cédant à ses pressantes caresses. Tantôt elle enrageait de voir les plus hautes faveurs de la fortune et de l'amour prodiguées à cette « mioche », issue de sa propre famille, et – insulte suprême – portant son propre nom, qui « ne savait même pas ce qu'elle voulait et qui était aussi noire qu'une corneille ». Parfois elle tremblait à l'idée que les prières de son dieu pussent être rejetées, car la pensée de le voir échouer lui était intolérable ; et parfois, redevenant loyale envers sa famille et son propre sexe, elle tremblait pour Kirstie et l'honneur des Elliott. Puis elle se voyait, ayant fini de raconter les histoires du temps passé et les cancans locaux, disant adieu au dernier chaînon qui la rattachait à la vie, à la joie et à l'amour ; et, au-delà, elle ne voyait plus que cette lande stérile, ce rivage désolé où la mort vient vous cueillir. Avait-elle déjà vidé la coupe de la vie et ne lui restait-il plus à boire que la lie ? Était-ce là le sort qui lui était désormais réservé ? À elle si grande, si belle encore, au cœur frais comme celui d'une jeune fille, vaillant comme celui d'une mère ? Non, c'était impossible, et cependant cela était. Et pendant un instant sa couche lui fut aussi haïssable que les parois d'un cercueil. Et elle passa par une alternance de rages et d'apaisements, de tremblements et de frémissements, jusqu'à ce que l'aube parût, annonçant le retour des tâches ménagères.

Soudain elle entendit un bruit de pas dans l'escalier – ceux d'Archie – et aussitôt après celui d'une fenêtre qu'on ouvrait brusquement. Elle se dressa sur son séant, le cœur battant. Il était entré seul dans sa chambre et ne s'était pas couché. Elle se dit qu'elle pourrait peut-être avoir encore avec lui une de ces causeries nocturnes comme elle les aimait tant, et à cette perspective enchanteresse, le cours de ses pensées se modifia. Devant l'imminence de ce plaisir, tout ce qu'il pouvait y avoir de vil en elle disparut immédiatement de ses pensées. Elle se leva, femme de la tête aux pieds, et la meilleure des femmes, tendre, compatissante, détestant le mal, loyale envers son propre sexe, et en même temps la plus faible des femmes, parce que nourrissant et chérissant, au fond de son tendre cœur, des espérances qu'elle flattait secrètement, mais à l'aveu desquelles elle eût préféré la mort. Elle arracha son bonnet de nuit, et ses cheveux se répandirent sur ses épaules. Et un reste de coquetterie, de cette coquetterie qui sommeille toujours dans le cœur des femmes, se réveilla en elle. À la lueur de sa chandelle, elle se mit devant son miroir, éleva ses bras magnifiques au-dessus de sa tête et souleva les trésors de ses tresses. Elle n'était jamais en retard pour s'admirer : ce genre de modestie était étranger à sa nature. Et elle s'arrêta, émue de plaisir à cette vue. « Vieille sotte que tu es ! » s'exclama-t-elle, en réponse à l'une de ses pensées non formulées qui la fit rougir – comme un enfant pris en faute. Elle enroula hâtivement les nattes lourdes et soyeuses de ses cheveux, enfila un peignoir et se glissa dans le hall, la chandelle à la main. Elle entendit au bas de l'escalier le tic-tac de l'horloge égrener les secondes et dans la salle à manger Frank qui faisait tinter les carafes. Un bref sentiment de dégoût lui souleva le cœur. « Espèce de sale petit roquet d'ivrogne ! » pensa-t-elle, et, l'instant d'après, elle frappait doucement à la porte d'Archie qui la pria d'entrer.

Archie regardait au-dehors la nuit émaillée çà et là d'une pâlichonne étoile, respirant la douce senteur de la lande, cherchant la paix (et peut-être la trouvant) à la manière des malheureux. Il se retourna à son approche et lui montra son visage pâle dans l'encadrement de la fenêtre.

« Est-ce vous, Kirstie ? demanda-t-il. Entrez donc !

– Je crains qu'il ne soit bien tard, dit Kirstie en hésitant sur le seuil.

– Non, non, répondit-il. Pas du tout. Entrez, si vous voulez que nous causions. Dieu sait que je n'ai guère sommeil. »

Elle s'avança, prit une chaise près de la table de toilette et posa la bougie à ses pieds. On eût dit, à la voir – était-ce le léger désordre de sa toilette ou l'émotion qui soulevait sa poitrine ? – qu'une fée l'avait touchée de sa baguette et lui avait conféré l'immortelle jeunesse d'une déesse.

« Mr. Archie, commença-t-elle, qu'est-ce qui vous arrive donc ?

– Je ne crois pas qu'il me soit rien arrivé, répondit Archie en rougissant, et il se repentit amèrement de l'avoir laissée entrer.

– Oh, Mr. Archie, ce n'est pas bien d'aveugler les yeux de l'amour. Réfléchissez bien avant qu'il ne soit trop tard. Il ne faut pas désirer avec trop d'impatience les plaisirs de la vie, ils viendront à leur saison comme le soleil et la pluie. Vous êtes encore jeune ; vous avez encore beaucoup de belles années devant vous. Réfléchissez et ne gâchez pas votre vie comme tant d'autres, elle ne fait que commencer. Prenez patience – on m'a toujours dit que la patience venait à bout de tout dans la vie –, prenez patience, et vous verrez que les beaux jours reviendront. Dieu sait qu'ils ne sont jamais venus pour moi ; et me voilà à l'aube de la vieillesse sans mari ni enfants, fatiguant les gens avec mes intempérances de langage, vous le premier, Mr. Archie !

– Je ne vois pas très bien où vous voulez en venir, dit Archie.

– Eh bien, je m'en vas vous dire ce qu'il en est, Mr. Archie. La vérité, c'est que j'ai peur pour vous, mon enfant. Rappelez-vous que votre père est un homme dur, un de ces hommes qui moissonnent là où ils n'ont pas semé et qui engrangent la paille qu'ils n'ont pas fauchée. C'est facile de parler, mais prenez garde. Vous verrez la tempête se lever sur son visage, et il sera vain alors de demander grâce. Vous me faites penser à une jolie petite barque ballottée sur une mer houleuse ; vous êtes pour le moment en sécurité, assis bien tranquillement dans votre chambre, en train de causer avec votre vieille Kirstie ; mais où serez-vous demain, au milieu de quelle horrible et épouvantable tempête, implorant les collines de vous abriter ?

– Ma foi, Kirstie, je vous trouve bien énigmatique et bien éloquente ce soir, intervint Archie.

– Mon cher enfant, continua-t-elle d'une voix altérée, ne croyez pas que je ne puisse pas sympathiser avec vous. J'ai été jeune moi aussi. Il y a longtemps, quand je n'étais qu'un brin de fille qui avait à peine vingt ans... (Elle s'arrêta et poussa un soupir.)

J'étais fraîche et mignonne, avec une taille de guêpe, comme on dit, continua-t-elle. Et pourtant, j'étais grande et bien bâtie, belle comme un cœur, même si je ne devrais pas le dire, faite pour porter des enfants, de beaux enfants qu'ils auraient été, et j'aurais bien aimé aussi avoir des petits-enfants. Oui, j'ai été jeune, mon enfant, et dans mes yeux brillait la lueur espiègle de la jeunesse. Bon sang ! j'étais loin de me douter qu'un jour je vous raconterai tout ça, et que je deviendrai une vieille bonne femme hagarde et solitaire ! Eh bien, Mr. Archie, il y avait à cette époque un jeune homme qui me faisait la cour, ce qui est bien naturel, en somme. Il y en avait eu beaucoup d'autres auparavant, mais aucun ne me plaisait. Mais celui-là avait une voix à dérouter les oiseaux du ciel et les abeilles butineuses qui vont de fleur en fleur. Mon Dieu, comme c'est loin tout cela ! Beaucoup de gens sont morts depuis et ont été enterrés et oubliés ; et des enfants sont nés, ont grandi, se sont mariés et ont eu des enfants à leur tour. Des bois ont été plantés et ont poussé, et maintenant il y a de beaux arbres sous lesquels s'assoient les amoureux, d'anciennes propriétés ont changé de maîtres, et il y a eu des guerres et des bruits de guerre à la surface de la terre. Et moi je suis encore là, vieille pie jacassière à qui on n'arrive pas à clouer le bec ! Mais, Mr. Archie, la mémoire est toujours bonne, et je me souviens de tout cela comme si c'était hier. J'habitais alors chez mon père ; et, ça va peut-être vous paraître curieux, mais nous nous donnions rendez-vous au Creux des Sorcières. Croyez-vous que j'aie oublié les beaux jours d'été, la lande toute fleurie de bruyères, le cri des cailles, et le garçon et la fille qui se rencontraient ? Croyez-vous que j'aie oublié le parfum des collines et cette espèce de frisson qui me saisissait tout entière ? Ah, Mr. Archie, je me souviens de tout cela comme si c'était hier, je sais aussi comment la grâce du Bon Dieu les saisit, tel Paul de Tarse, au moment où ils s'y attendent le moins, et comme elle conduit tous les amoureux dans un pays qui ressemble à un rêve, et où les habitants n'ont pas plus d'importance que des nuages pour la pauvre fille, et où le ciel a moins de réalité que le gazon sur lequel elle marche, pourvu qu'elle plaise à son bien-aimé ! Voilà, telle fut mon histoire jusqu'à la mort de Tom, ajouta-t-elle d'une voix entrecoupée. Puis il est mort, et je n'étais même pas à son enterrement. Mais quand il était là, je savais me conduire. Le sait-elle au moins, votre pauvre chérie ? »

Kirstie, les yeux brillants de larmes contenues, tendit vers Archie une main suppliante ; l'or mat de ses cheveux étincela derrière sa jolie tête comme l'auréole d'une éternelle jeunesse ; un peu de sang afflua à ses joues et Archie resta confondu tant par sa beauté que par son histoire. Il s'approcha d'elle, lui prit la main et la baisa.

« Kirstie, lui dit-il d'une voix rauque, vous vous êtes gravement mépris sur mon compte. Je l'ai toujours respectée, pour rien au monde je n'aurais terni son honneur...

– Mon enfant, c'est facile à dire, s'écria Kirstie, mais c'est plus difficile à faire ! Ne comprenez-vous pas que c'est la volonté de Dieu que nous soyons aveuglés et comme ensorcelés dans un moment pareil, afin que nous perdions tout empire sur nos sens ? Mon enfant, supplia-t-elle en lui tenant toujours la main, songez à cette pauvre petite ! Ayez pitié d'elle, Archie ! Soyez sage pour deux, pensez au risque qu'elle court ! Je vous ai bien vus tous les deux, moi ; demain, d'autres aussi pourront vous voir. Je vous ai vus une fois dans le Creux des Sorcières, dans mon propre trou ! et j'étais bien triste de vous y voir – en partie à cause de la malédiction qui s'attache à ce lieu, et en partie aussi par pure jalousie et amertume de cœur. C'est étrange que vous ayez également choisi cet endroit comme lieu de rendez-vous. Ma foi, s'il n'en avait jamais vu avant, ce vieux rabat-joie de Covenantaire a dû en voir des amoureux depuis la dernière fois qu'il a ouvert les yeux sur le canon des mousquets, ajouta-t-elle avec une étincelle émerveillée dans les yeux.

– Je vous jure sur mon honneur que je l'ai respectée, dit Archie. Je jure sur mon honneur et sur le salut de mon âme que je ne lui causerai aucun tort. Ce n'est pas la première fois qu'on m'adresse ce genre de recommandation. J'ai peut-être manqué de sagesse, Kirstie, mais je n'ai jamais été mauvais, et surtout je n'ai jamais été vil.

– Je vous reconnais bien là, mon enfant, dit Kirstie en se levant. Je sais que je puis vous faire confiance à présent et que je puis regagner ma chambre d'un cœur léger. »

Alors, dans un éclair, elle s'aperçut de la vanité de son triomphe. Archie avait promis d'épargner la jeune fille, et il tiendrait parole, mais qui avait promis d'épargner Archie ? Comment tout cela finirait-il ? Elle se trouvait devant un labyrinthe de difficultés qui toutes débouchaient sur la figure de pierre d'Hermiston. Et elle fut épouvantée à l'idée de ce qu'elle avait fait. Son visage prit une expression tragique.

« Archie, que le Seigneur ait pitié de vous, mon enfant, et qu'il ait aussi pitié de moi. J'ai bâti sur cette fondation – et elle posa la main lourdement sur son épaule – et j'ai mis tout mon cœur dans cette construction. Si tout cela venait à s'écrouler, mon enfant, je crois bien que j'en mourrais ! Pardonnez à une pauvre femme qui vous aime et qui a bien connu votre mère. Pour l'amour de Dieu, Archie, gardez-vous de tout désir déréglé, tenez votre cœur dans vos deux mains, tenez-le haut et ferme, et ne l'envoyez pas promener dans les airs comme un enfant fait d'un cerf-volant. N'oubliez pas, Mr. Archie, que cette vie n'est qu'amertume et qu'un trou dans la terre est le terme fixé.

– Mais, ma pauvre Kirstie, vous m'en demandez beaucoup trop à la fin, dit Archie d'une voix émue. Vous exigez de moi ce qu'aucun homme ne peut promettre, et que Dieu seul peut accorder, s'il le juge bon. Et encore ! Je puis répondre de mes actes, et là-dessus, vous n'aurez, je vous le promets, jamais à rougir de moi. Mais quant à mes sentiments, il y a belle lurette que je n'en suis plus maître ! »

Ils se tenaient maintenant debout l'un en face de l'autre. La figure d'Archie esquissa un sourire ; celui de Kirstie resta un moment bouleversé.

« Promettez-moi une chose, s'écria-t-elle d'une voix perçante. Promettez-moi que vous ne ferez jamais rien sans me le dire.

– Non, Kirstie, je ne peux vous promettre une chose pareille, répondit-il. Je vous en ai promis assez comme ça, Dieu m'est témoin !

– Que la bénédiction de Dieu descende sur vous et qu'elle y demeure, mon enfant, dit-elle.

– Que Dieu vous bénisse, ma vieille amie », dit-il.

Chapitre IX

À la Pierre du Tisserand

L'après-midi tirait à sa fin quand Archie arriva près de la Pierre du Tisserand par le sentier de la colline. Le Creux des Sorcières était dans l'ombre. Cependant, à travers l'ouverture du Slap, le soleil dardait un dernier rayon qui filait au loin sur l'étendue moussue, allumant çà et là quelque touffe d'herbe, pour se poser enfin sur le tombeau et sur la petite silhouette qui l'attendait tout près. Toute la solitude de la lande paraissait s'être concentrée en ce lieu, dont la silhouette ensoleillée de Kirstie paraissait être l'unique habitant. Le premier regard qu'il jeta sur elle fut d'une tristesse indicible, pareil à la vision fugitive d'un monde d'où toute lumière, tout réconfort et toute société seraient sur le point de s'évanouir à tout jamais. Mais l'instant d'après, quand elle eut tourné vers lui son visage, qui s'éclaira aussitôt d'un sourire, ce fut comme si la nature tout entière lui souriait à travers le sourire de sa bien-aimée. Archie pressa le pas, ses jambes le portaient vers Kirstie tandis que son cœur semblait le retenir en arrière. Pendant ce temps la jeune fille s'était levée doucement et restait debout à l'attendre. Elle était pleine de langueur, son visage était blême, ses bras se tendaient vers lui, son cœur battait la chamade. Mais il la désabusa : s'étant arrêté à quelques pas d'elle, aussi blême qu'elle, il leva la main comme pour prévenir toute effusion.

« Non, Christina, pas aujourd'hui, dit-il. Aujourd'hui, j'ai à te parler sérieusement. Assieds-toi, s'il te plaît, là où tu étais. Je t'en prie ! »

Christina eut un violent haut-le-cœur. L'avoir attendu, l'avoir désiré durant toutes ces longues heures en se remémorant ses caresses, l'avoir enfin vu venir, avoir été là prête, haletante, toute soumise, tout abandonnée, toute consentante, pour se trouver soudain confrontée à un maître d'école à la mine renfrognée, le choc était par trop rude. Elle en aurait pleuré, n'eût été sa fierté. Elle se rassit sur la pierre d'où elle s'était levée, un peu par un instinct d'obéissance, un peu aussi comme si elle y avait été rejetée. Que se passait-il ? Pourquoi la repoussait-t-il ? Avait-elle cessé de lui plaire ? Elle était là, prête à s'offrir, et voilà qu'il ne voulait plus d'elle. Et pourtant, elle lui appartenait tout entière. Il n'avait qu'à la prendre et à la garder, et voilà qu'il faisait la fine bouche ! Dans sa nature vive et pétulante, enfiévrée d'espoir, il n'y avait encore qu'un moment, l'amour déçu et la vanité blessée luttaient de conserve. Le maître d'école qu'il y a chez tout homme, au désespoir de toutes les jeunes filles et de la plupart des femmes, avait pris maintenant entièrement possession d'Archie. Après une nuit passée à écouter des sermons et une journée à réfléchir, il était venu à son rendez-vous, déterminé à accomplir son devoir ; et cette bouche serrée, qui trahissait chez lui l'effort de la volonté, lui semblait à elle l'expression d'un cœur insensible. Il en était de même de sa voix contrainte et de son élocution embarrassée. Et si tout était fini entre eux... Mais cette seule pensée ôtait à Kirstie toute faculté de réfléchir.

« Kirstie, cela n'a que trop duré, lui dit-il. Nous nous sommes beaucoup trop vus. »

Elle le regarda vivement et ses sourcils se contractèrent.

« Il ne peut sortir rien de bon de ces rendez-vous secrets. Ce n'est pas franc, ce n'est pas vraiment honnête, et j'aurais dû m'en apercevoir plus tôt. Les gens commencent à jaser, et je me sens fautif. Comprends-tu ?

– Je vois que quelqu'un t'a parlé, dit-elle d'une voix morne.

– Oui, et même plusieurs personnes, répondit Archie.

– Qui sont-elles ? s'écria-t-elle. Mais quelle espèce d'amour est-ce là que celui qui prend la température de l'opinion ? Crois-tu que personne ne m'ait parlé à moi ?

– Vraiment ? fit Archie d'une voix entrecoupée. C'est bien ce que je craignais. Qui est-ce ? Qui a osé ?... »

Archie semblait sur le point de perdre son sang-froid.

En réalité, personne n'avait parlé à Christina ; mais elle s'entêta à répéter sa première question.

« Quelle importance ! dit Archie. C'étaient de braves gens qui nous voulaient du bien, mais ce qui est fâcheux, c'est que les gens jasent. Ma chère petite, nous devons être prudents. Nous ne devons pas gâcher nos vies dès le début. Elles peuvent encore être longues et heureuses, Kirstie, et nous devons nous conduire comme des êtres raisonnables et non pas comme des enfants inconscients. Il y a une chose qui importe avant tout. Tu vaux la peine que j'attende, Kirstie. Je suis prêt à t'attendre même longtemps. La récompense n'en sera que plus belle. »

Et là, il redevint le maître d'école, dont il imita imprudemment la sagesse.

« Surtout, Kirstie, il faut éviter à tout prix de donner prise au scandale, à cause de mon père. Cela gâterait tout. Tu le comprends, n'est-ce pas ? »

Ces dernières paroles mirent un peu de baume sur les plaies de la jeune fille : Archie s'était montré un peu plus chaleureux dans l'expression de ses sentiments. Mais une sourde irritation persistait dans son cœur, et, pareille à tous les enfants d'Adam, elle voulut faire souffrir comme elle avait souffert.

En outre, elle venait d'entendre le nom qu'elle avait toujours redouté de voir sortir de la bouche d'Archie, à savoir celui de son père. Il ne faudrait pas croire que depuis le jour où ils s'étaient avoué leur amour ils n'eussent jamais fait aucune allusion à leur union future. Ils en avaient effectivement souvent parlé, et ç'avait toujours été entre eux un point épineux. Kirstie avait toujours refusé de regarder le problème en face ; elle refusait d'en discuter même avec elle-même. Son héroïque petit cœur avait bravement obéi à l'appel de l'amour et marchait aveuglément vers son destin. Mais Archie, avec son sens masculin des responsabilités, se devait de raisonner ; il devait songer à l'avenir, alors que le présent était tout pour Kirstie ; il devait parler – et parler à contrecœur et maladroitement – de ce que pourrait être leur vie. À plusieurs reprises il avait abordé la question du mariage, et chaque fois il avait dû se réfugier dans le vague au seul souvenir de lord Hermiston. Et Kirstie avait été prompte à comprendre, et prompte aussi à étouffer et à éteindre au fond de son cœur ce qu'elle avait compris ; elle avait été prompte à s'enflammer à la seule idée de cette espérance, qui flattait à la fois son amour et sa vanité, à l'idée qu'elle pourrait devenir un jour Mrs. Weir d'Hermiston ; elle avait été prompte également à reconnaître, dans les paroles hésitantes et embarrassées du jeune homme, le glas de cette espérance ; et elle s'entêtait follement, pauvre et généreuse enfant, à passer outre et à se moquer de l'avenir ! Mais ces brèves allusions, ces phrases interrompues, le clignotement de ses yeux lorsque la raison et le souvenir se liguaient pour imposer silence aux mots avant même qu'Archie les eût prononcés, tout cela causait à la jeune fille une indicible agonie. Chaque exaltation était suivie d'une chute qui la laissait plus faible que devant. Chaque fois que ce sujet revenait, elle était forcée, si brièvement que cela fût, d'ouvrir les yeux sur ce qu'elle s'obtinait à ne pas voir ; et cela finissait invariablement par une nouvelle désillusion. Aussi, maintenant, à la seule mention du nom de lord Hermiston – terrible figure emperruquée au sourire ironique et cruel, toujours présente à leurs consciences coupables et qui semblait présider à tous leurs rendez-vous –, elle enfouissait sa tête dans le sable, telle l'autruche, et ne voulait plus rien entendre.

« Tu ne m'as toujours pas dit qui t'a parlé, dit-elle.

– D'abord ta tante.

– Tante Kirstie ? Et pourquoi me soucierais-je de tante Kirstie ?

– Parce qu'elle se soucie beaucoup de sa nièce, répliqua Archie avec une nuance de reproche dans la voix.

– Ma foi, tu me l'apprends, car, en vérité, je ne le savais pas, rétorqua la jeune fille.

– La question n'est pas de savoir qui a parlé, mais ce qui s'est dit, ce que les gens ont remarqué, précisa le maître d'école.

– Tante Kirstie, ça par exemple ! Cette vieille fille aigrie qui a toujours semé la discorde dans le pays avant même que je sois née, et qui continuera sans doute de le faire après que je serai morte ! C'est dans sa nature ; ça lui est aussi naturel qu'à un mouton de paître.

– Excuse-moi, Kirstie, mais elle n'a pas été la seule, interrompit Archie. J'ai eu droit à deux sermons, deux avertissements, hier soir, extrêmement bienveillants tous les deux. Si tu avais été là, je suis sûr que tu aurais pleuré, ma chérie. Et ils m'ont ouvert les yeux. J'ai compris que nous faisions fausse route.

– Quel était le second ? » demanda Kirstie.

Cette fois Archie se trouva dans la situation d'une bête aux abois. Il était venu à ce rendez-vous ferme et résolu ; il pensait, en quelques phrases claires et convaincantes, tracer une ligne de conduite pour tous les deux. Il était là depuis quelque temps déjà, et il en était encore à tourner autour du pot et à subir de la part de Kirstie ce qui n'était ni plus ni moins qu'un interrogatoire.

« Mr. Frank ! s'écria-t-elle. Oui, ça ne peut être que lui. Et alors, qu'est-ce qu'il a dit ?

– Il m'a parlé très gentiment et très sincèrement, comme à un ami.

– Mais encore ?

– Je ne te le dirai pas, cela ne te regarde pas ! s'écria Archie, effrayé d'en avoir déjà autant dit.

– Ah, ça ne me regarde pas ! fit-elle en se dressant sur ses pieds. Tout le monde est libre à Hermiston de donner son opinion sur moi, mais moi, ça ne me regarde pas ! Était-ce à la prière du soir ? As-tu appelé l'intendant en consultation ? Ce n'est pas étonnant que tout le monde parle, si tu mets tout le monde dans la confidence. Mais, comme vous le dites très justement, Mr. Weir, très aimablement et très sensément, j'en suis sûre, cela ne me regarde en rien. Dans ce cas, je crois que je ferai bien de m'en aller. Je vous souhaite bien le bonsoir, Mr. Weir. »

Et, toute tremblante de colère de la tête aux pieds, elle lui fit une très hautaine révérence.

Le pauvre Archie était abasourdi. La jeune fille s'était déjà éloignée de lui de quelques pas quand il retrouva l'usage de la parole.

« Kirstie ! cria-t-il. Ô, ma Kirstie ! »

Il y avait dans sa voix un ton de supplication et un cri de surprise si sincères qu'on voyait bien que le maître d'école avait été vaincu. »

Elle se tourna vers lui.

« Que lui voulez-vous à Kirstie ? riposta-t-elle. Qu'avez-vous à faire avec moi ? Allez trouver vos amis, ils vous prêteront bien une oreille complaisante, eux ! »

Il ne put que réitérer sa supplication :

« Kirstie !

– Vous me la baillez belle avec votre Kirstie ! s'écria la jeune fille, dont les yeux jetaient des éclairs au milieu de son visage blême. Je m'appelle Miss Christina Elliott, je me permets de vous le rappeler, et je ne souffrirai pas que vous me nommiez autrement. Si je ne puis obtenir l'amour, j'exigerai du moins le respect, Mr. Weir. Je viens d'une famille honorable, et je tiens à ce qu'on me respecte. Qu'ai-je fait pour que vous me traitiez de la sorte ? Qu'ai-je fait, qu'ai-je fait, ô mon Dieu, qu'ai-je bien pu faire ? Et sa voix monta d'un ton à la troisième répétition. Et moi qui me croyais, qui me croyais, qui me croyais si heureuse ! » Et elle se mit à sangloter comme sous l'effet de quelque fièvre mortelle.

Archie courut à elle. Il souleva la pauvre petite dans ses bras, et elle se nicha contre sa poitrine comme un enfant contre le sein de sa mère, et elle le serrait avec ses mains comme avec des étaux. Et à sentir ainsi tout son corps secoué par la détresse, il éprouva un sentiment de pitié inexprimable. Laquelle pitié s'accompagnait d'un sentiment de peur, d'une peur irraisonnée devant cet engin explosif qu'il tenait dans ses bras, dont il ne comprenait pas le mécanisme, et avec lequel il avait pourtant joué. Alors le bandeau qui couvre les yeux de l'enfance tomba, et il vit pour la première fois le visage ambigu de la femme telle qu'elle est vraiment. Il se rappela leur entretien et chercha en vain ce qui avait pu l'offenser. Il n'avait rien fait pour provoquer cette scène, qui lui semblait comme le déchaînement volontaire d'une nature sauvage...

POSTFACE

Note de Sidney Colvin

Sur ces derniers mots, « le déchaînement volontaire d'une nature sauvage » s'achève le roman de *Weir of Hermiston*. Ils ont été dictés, je crois, le matin même de la mort de Stevenson, survenue brusquement à la suite d'une attaque. *Weir of Hermiston* demeure donc dans l'œuvre de Stevenson ce que *Edwin Drood* est dans l'œuvre de Dickens et *Denis Duval* dans celle de Thackeray. Plus même, car si les fragments que je viens de citer occupent une place fort honorable parmi les ouvrages de ces auteurs, ils ne sauraient rivaliser avec les neuf chapitres que nous a laissés l'auteur du *Maître de Ballantrae*.

Les avis sont partagés sur le point de savoir s'il convient d'être instruit des développements que l'auteur comptait apporter à son récit ainsi que du destin futur de ses personnages. Certains préfèrent conjecturer eux-mêmes l'issue des événements et laisser travailler leur imagination. J'avoue que ce parti pris a toute ma sympathie. Mais comme la majorité des lecteurs semble désireuse d'en savoir le plus possible et puisque les éditeurs eux-mêmes semblent le souhaiter, je serais mal venu de me dérober à leur requête. Le plan de l'ouvrage, tel qu'il était connu de Mrs. Strong au moment de la mort de Stevenson, était à peu près le suivant :

Archie s'en tient à sa résolution d'éviter de compromettre la réputation de la jeune Kirstie. De son côté, Frank Innes, profitant de la situation ainsi créée, du désarroi et de la vanité blessée de la jeune fille, poursuit son entreprise de séduction, et Kirstie, bien que toujours éprise d'Archie au fond de son cœur, succombe aux artifices du séducteur. La vieille Kirstie est la première à s'apercevoir de quelque chose d'anormal chez sa nièce, et, croyant Archie coupable, elle accuse ce dernier, l'instruisant par la même occasion du malheur qui est arrivé. Archie ne nie pas tout de suite l'accusation, mais il interroge la jeune fille qui lui avoue la vérité ; et lui qui l'aime toujours, il lui promet de la protéger et d'être son soutien dans son infortune. Il a ensuite une entrevue avec Frank sur la lande, près de la Pierre du Tisserand, qui se termine par une querelle au cours de laquelle Frank est tué. Cependant les quatre Frères Noirs, ayant appris que leur sœur a été séduite, sont résolus à se venger d'Archie qu'ils supposent être son séducteur. Ils sont sur le point d'exécuter leur projet quand Archie est arrêté par les officiers de la loi pour le meurtre de Frank. Il est jugé par son père, le *lord justice-clerk*, est trouvé coupable et condamné à mort. Mais la vieille Kirstie, ayant appris de la jeune fille comment les choses se sont réellement passées, en informe ses neveux. Ceux-ci alors, changeant de sentiment vis-à-vis d'Archie, se déterminent à régler cette affaire conformément aux anciennes traditions de leur maison. Ils réunissent un petit groupe de partisans, et, après un combat violent, font irruption dans la prison où est enfermé Archie et le délivrent. Lui et la jeune fille s'enfuient ensuite en Amérique. Mais le fait d'avoir condamné son fils à mort a été un choc pour le *lord justice*, et il en meurt. « J'ignore, ajoute Mrs. Strong, ce qu'il advient de la vieille Kirstie, mais comme ce personnage s'étoffait tellement à mesure que le roman progressait, je suis certaine que l'auteur lui réservait un destin à sa hauteur. »

Le plan d'un ouvrage de fiction est naturellement soumis à toute sorte de changements sous la plume de l'auteur à mesure que celui-ci avance dans son récit ; et, outre la destinée de Kirstie, d'autres éléments du sujet auraient pu dévier du cadre initialement tracé. Il semble toutefois certain que le stade suivant des relations entre Archie et la jeune Kirstie auraient suivi le plan indiqué, tant cette conception chevaleresque de l'amour et du dévouement inébranlable à une femme, même fautive, était chevillée à l'esprit de Stevenson. La scène de vengeance près de la Pierre du Tisserand, est prévue dès les premiers mots de l'Introduction. De même la situation et la destinée du juge confronté, tel un second Brutus, à son fils, bien qu'incapable de survivre à l'accomplissement de son devoir, qui est d'envoyer ce dernier au gibet, tout cela semble bien avoir eu pour but de porter le roman au paroxysme de la tragédie...

Laissons maintenant la question de savoir comment l'histoire devait se terminer pour en venir à celle de son origine et à la manière dont elle se développa dans l'esprit de son auteur. Le caractère du personnage, Adam Weir of Hermiston, lui a été suggéré, comme il le reconnaît, par la personnalité historique de

Robert MacQueen, lord Braxfield. Ce juge fameux avait été pendant plusieurs générations l'objet d'un grand nombre de légendes et d'anecdotes... En outre, le cas d'un juge impliqué par les devoirs de sa charge dans un conflit violent entre l'intérêt public et ses affectations personnelles avait toujours exercé une profonde fascination sur l'esprit de Stevenson... Les difficultés inhérentes aux rapports entre père et fils dans la vie n'avaient cessé de peser lourdement sur la conscience de Stevenson dès son adolescence, tandis que, obéissant aux lois de sa nature, il avait été amené à chagriner, décevoir et désoler un père que par ailleurs il aimait et admirait de tout son cœur. Il avait du reste abordé ce genre de problèmes dans des récits d'une vie plus légère comme *Histoire d'un mensonge* ou *Les Naufrageurs*, avant de les traiter de la manière qu'on sait dans la présente histoire...

Dans une lettre adressée à Mr. Barrie datée du 1er novembre 1892, il écrit : « C'est une chose singulière que je puisse vivre ici dans les mers du Sud, dans des conditions si nouvelles et si curieuses, et que cependant mon imagination continue d'habiter les vieilles collines grises et froides d'où nous sommes originaires. J'ai terminé *David Balfour*, j'ai un autre livre en chantier, *Le Jeune Chevalier*, qui doit se passer en partie en France et en partie en Écosse, et qui doit mettre en scène le Prince Charlie vers 1749 ; puis j'en ai commencé un troisième qui aura pour cadre les Moorlands et dont l'un des principaux personnages sera l'immortel Braxfield, pour lequel, je crois, vous avez une grande estime. » Un mois plus tard, il écrit à Mr. Baxter : « J'ai sur le métier un roman qui s'intitulera *Le Lord clerc de Justice*. Il est on ne peut plus écossais. Le principal personnage est justement inspiré de Braxfield, et une bonne partie de l'histoire est, disons le mot, plutôt bizarre. L'héroïne est séduite par un homme, et s'enfuit à la fin avec celui qui a tué son séducteur. Cela dit, j'ai bon espoir que mon lord-juge sera mon chef-d'œuvre. Mon Braxfield est déjà une petite merveille, et au point où il en est, c'est de loin mon plus beau caractère. » D'après cet extrait, il est probable qu'à cette époque Stevenson avait déjà rédigé quelques-uns des premiers chapitres de l'ouvrage.

C'est également vers cette époque qu'il composa la dédicace à sa femme qui la trouva, un matin en se réveillant, épinglée aux rideaux de son lit.

Composition réalisée par COMPOFAC - PARIS

IMPRIMÉ EN FRANCE PAR BRODARD ET TAUPIN
Usine de La Flèche (Sarthe).
LIBRAIRIE GÉNÉRALE FRANÇAISE - 6, rue Pierre-Sarrazin - 75006 Paris.
ISBN : 0 - 095 - 07922 - X 95/0792/2